春风十里 原来是你

我愿陪你
从年少无知
走到举案齐眉

我敢和你
从天光乍破
走到暮雪白头

春风十里 原来是你

岁月还漫长
你心地善良
别怕
总会有人入夜等你
下雨接你
轻声细语对你说出"我爱你"

人生总有好运气
漂洋过海来看你

你觉得哪句话、哪件事情浪漫，

可能也只是因为说这话、做这事的人。

不过，时间一定会筛选出最重要的，

再浪漫、再激情，终究要回归本源。

人生很多时候，重要的不是什么都拥有，

而是你想要的恰好就在身边。

畅销书作家　杨杨
首部青春文艺故事集

Ƴ
悦风
BOOK

我无所畏惧，只因为我知道，

在我的生命里，挫折会来，也会过去；

热泪会流下来，也会收起，没有什么可以让我气馁的。

因为，我有着长长的一生，

而你，一定会来。

畅销书作家　杨杨
首部青春文艺故事集

Ƴ
悦风
BOOK

春风十里原来是你

杨杨 著

中国出版集团 现代出版社

春风十里
原来 是你

如果喜欢谁，
还是要试着想方设法
跟对方表达一下，
默默陪伴在自己喜欢的人身边，
既不伟大，更不容易。

......

时间的跨度，
不过是一次遇见和告别。
短的是三两行情诗，
长的是用一生陪伴。

春风十里
原来 是你

旧的风，旧的树，旧的路，

只是唯独， 没有旧的你。

春风十里
原来
是你

思念在见不到对方的日子里疯长，
把人给折磨透了，
直到偶遇了，见到面了，
症状才有所舒缓。
见一次面，即使只是瞥上一眼，
也够好几天的念想了。
心底那百转千回的心思啊，
也只有自己知道。

目 录

PART 1

你好，请多关照

但愿，
最初的那一句
"你好，请多关照"，
到最后，会换来你
最希望、也最隆重的那句
"余生，请多指教"。

PART 2

春风十里，原来是你

这世上的许多事情，
都是无能为力、无法预期的。
就比如说，
不喜欢熬夜的他爱上了
静谧的黑夜，
不喜欢苦涩的她爱上了咖啡，
还有，
不喜欢等待的我爱上了你。

浪漫

选择

温柔

付出

PART 3

声色犬马，各安天涯

这个世界上的爱情，
分分离离的遗憾，
总是比牵了手
就是一生的故事要多。
人，总要慢慢去习惯，
习惯生命当中
所有的相遇与别离。

往后余生，

风雪是你，平淡是你，

清贫是你，荣华是你，

心里温柔是你，

目光所至，

也是你。

我希望，爱我的人不寂寞；
我希望，我爱的人喜欢我。

......

......

前
PREFACE
言

◆

　　有时候，你想写点什么，却总是搁笔，也许明天会有更好的想法和措辞；有时候，你想说点什么，却总是迟疑，也许明天会有更合适的机会。

　　你看，我们总把来不及做的事，留给下一年；把来不及付出的感情，留给下一任；把来不及说的话，留给下一次。可事实却是，世界上的任何东西，都是过期不候，哪怕是一片阿司匹林，也可以在你生龙活虎的日子里默默过期，在你头痛欲裂的时候失去作用。

　　人们总是后知后觉，总认为有些话不妨等一等，总以为来日方长，可不知不觉，便没了来日。岁月无声，经得起多少的等待？我们又究竟能有多少时间，有多少机会可以耗费？

其实，很多的"来不及"，不是没做好准备，而是没下定决心。

大概是应了那句"得不到的永远在骚动，被偏爱的都有恃无恐"，我们时常会有这样的误会——求而不得的，才是最珍贵的，而已经握在手心里的，又都难免变得不像当初一般的在乎。

时光一路向前，路上没有红灯，当你越走越快，也越走越稳，当你也真的成了过来人，回头看看你就会知道，往事旧人，自有他们的好，但还没好到你要时刻念念不忘的地步。因为最好的人，都在你身边守着，而不是让你记着。

人生当中大部分耿耿于怀的执着，即便美好，却并非必要。毕竟，你错过的人和事，别人才有机会遇见，别人错过了，你才有机会拥有。人人都会错过，人人都曾经错过，但真正属于你的，永远都不会错过。

你看，就是因为这样，电影里才愿意告诉你，"没能在一起的人，就是不对的人，对的人，你是一定不会错过他的"。而你，是否应该对此刻正在身边用心陪伴你的人说一句：我感谢时光，带走了那么多的东西，却肯为我留下了你。

春风十里，原来是你；如今正好，别说来日方长。

但愿，最初的那一句"你好，请多关照"，到最后，会换来你最希望、也最隆重的那句"余生，请多指教"。

你好，请多关照

但愿，

最初的那一句『你好，请多关照』，

到最后，

会换来你最希望、

也最隆重的那句『余生，请多指教』。

PART 1

等待。。。
Waiting

既然是对的人，就一定会出现

世界很粗糙，岁月也不温柔。

我们曾是两个淋透了雨的人，
都没有伞，
慌慌张张躲进了同一个屋檐。

却碰巧发现，
彼此有同样的目的地，
于是有勇气并肩一起，散步淋雨。

那一路多开心，
因为舍不得再见，
所以，
宁愿人间的风雨别停，天别晴。

1.

她今年二十五岁，自从大学毕业与去往异地工作的前男友分手以后就一直单身，这是她一个人生活的第二年。

她独自居住在租来的一室一厅里，每个月的房租占掉工资的三分之一，房间并不豪华，却总是会有暖暖的阳光在清晨照射进来。

她还没有新的爱人，阳台上的花花草草就是被她精心呵护的恋人，阅读也是她最爱的消遣。她一个人睡一张宽宽的双人床，一个人捧着一碗超级好吃的面看电影，一个人躺在藤椅里看书、翻杂志，一个人专心地煮咖啡，也一个人静静地伏在阳台上，看太阳一寸一寸地沉坠下去。

在她的生活里，其实并不是完全没有爱情，有时候，她会对咖啡馆坐在角落里的男孩子怦然心动，偷偷写下带有自己电话的字条。也偶尔会在亲朋好友的撮合下去相亲，尽管结果往往不太理想，却也见识了更加多面的人生。

在没人来约的时候，她并不孤独，她学会了和自己约会。她请自己去拥挤的夜市，吃十块钱一把的羊肉串，也会在西餐厅里为自己买一份奢侈的黑椒牛排。她穿着漂亮的裙子，和闺蜜去逛逛附近的城市，也会为自己做四菜一汤的晚餐，在各种食物的味道里，把一个人的生活烹调得热热闹闹。

有人说，一个人会活得孤独寂寞，一个人过日子很快就会枯萎，可是她用各种方法让自己活得欢腾，我总是看得见她盛开到明媚的模样。

她对我说，在那个对的人还没来之前，我能做的，就是好好替他爱自己。

是啊，如今就是最好的时候，你该要倾心善待，何必非要等到另外一个谁再开始？

在我们周围大概都会有这样一些再普通不过的女孩子，没有谁含着金汤匙出生，也没有谁有着倾国倾城的样貌，她们都是在城市中努力行走的年轻人，有着平凡的烦恼和困惑，受过伤，失过望，却在生活里小心翼翼地保护着对爱情的期待。

这样普通的姑娘们，让我看到了爱情最伟大的那一面，没有妥协，没有委屈，不甘心用别人的标尺去丈量自己的爱情，她们因为没有遇见对的人而保持单身，因为爱一个人而生活在一起，保持对爱情最简单也最难得的信念，遵从己愿，尊重内心。

人生并不一定要找到什么惊心动魄的爱情，我们活着，是因为热爱；我们结婚，是因为彼此相爱。

我总是觉得，这样的人生，才不白来一场。

2.

发完最后一封邮件，我伸了个大大的懒腰，今天的工作终于全部搞定，下班时间也刚好差不多到了。

我关掉电脑，找出镜子稍微照了一眼，收拾好包包，准备下班。

"小柒，我今天有点事情，先走一步了。"

"等一下，让我看看，嗯，今天妆化得不错，这个颜色的眼影很适合你，眼线也画得很好，还穿了一条这么有女人味的裙子，你有约会啊？去哪里？快，从实招来！"

小柒如此直白的质问让我有点措手不及，"你想多了好吗？真的，我只是去看一场电影而已。"

"看电影？跟谁一起啊？男的还是女的？我认识吗？"

小柒是我的同事，她八卦的情绪一旦被点燃，就会爆发出强大的探索力量。

"不是和谁，我一个人去看啊，最近不是有个新片很火嘛，每天朋友圈和微博都被刷屏，我就特别想去看，然后我就订了今天的票。"

"你，一个人，去看电影？你不是吧？！"小柒瞪大了眼睛看着我，整张脸都写满了不可思议！

"你为什么会用这样的眼神看着我？为什么我不可以一个人看电影？"

"你真的一个人？你居然一个人跑去看电影！你不觉得一个人去电影院很奇怪吗？旁边坐着的要么是腻腻歪歪的情侣，要么是几个玩得好的朋友，你一个人坐在那边不会很孤单吗？特别是电影开场和散场的时候，一个人被夹在人群中，不会很失落吗？而且，看完了电影都没有人可以一起分享啊？"

小柒任意地发挥着丰富的想象力，噼里啪啦地说着，疑惑不解的眼神始终没有离开过我的脸，好像还隐约藏着几分心疼：唉，这么可怜，她居然一个人去看电影，怎么都没有人陪她一起去看。

"没有啊，不会啊，我觉得一个人看电影很正常啊，我真不觉得这有什么。"说完，我抬手看了一眼表，必须得走了，"我要迟到了，明天再聊啊，拜拜。"

按了电梯以后，我就开始发呆，脑子里回荡着小柒的话。

两个人看电影，有人陪伴和分享，当然很好。一个人看电影，就会变得自由和随性，你不用去约别人，也不用等着别人来约，更不用为了协调时间和地点来来回回地折腾，选片子的时候也不用互相迁就，这也不错啊。

事实上，很多人之所以会一个人去看电影，不是因为身边没有朋友陪，也不是因为跟朋友在电影的口味上南辕北辙，就只是纯粹喜欢这种一个人自主打发时间的小时光，仅此而已。

无论你是单身还是正在热恋当中，一个人去看一场想看的电影，一个人给自己做一顿丰盛的晚饭，一个人买张周末去附近城市的车票，来一次说走就走的短途旅行，又有何不妥？

3.

E小姐回国后的第五个月，在朋友圈里发了一个让人看得一身鸡皮疙瘩的羞涩表情："谁手上有优质单身男青年？赶快介绍介绍，事情成了，我包一个月的饭，带甜点。"

微信群里顿时炸开了锅，各路人马摇身一变，成了"人贩子"，急急忙忙将身边所有没结婚的优质男同胞在脑中梳理一遍，恨不得立马投身婚恋公司，将所有好资源一网打尽，呈给E女王"检阅"——没办法，谁让E小姐做饭的手艺堪比蓝带大厨，甜点更是做得超级美味又好看呢？

正所谓"重赏之下，必有勇夫"。没过几天，E小姐已然成功开始了相亲之旅，她的谢礼是一大盒手工打造的布朗尼。

大家一边瓜分美食，一边好奇追问："你才刚回国，怎么就这么急着找男朋友？"

她扬了扬狭长的眉毛，叹一口气说："之前在外面读书的时候不觉得，回来之后发现，身边跟我差不多大的人基本上都有了伴儿，说不着急那是假的。"

"被逼婚了？"

"那倒没有……其实我父母还算是开明，家里亲戚也不经常在一起，所以倒还好。"她苦恼地摇摇头。

"主要是自己觉得太孤单了，读书上学的时候是这样，背井离乡的时候是这样，好不容易回来了，工作也稳定了，就很想找个男朋友，做个伴儿。"

"我只是不想让我再孤单了。"我想起她有一天在微信上这样说。

不挑剔的 E 小姐，在约会了四五次之后随着男方去见了家长，自己的朋友、家人聚会也从不避讳地叫上他。那男生聪明、成熟且气质颇佳，我们纷纷打趣 E 小姐命太好，明明没什么要求，随便挑一个都是这么优秀的人。

E 小姐带着甜蜜的微笑，依偎在他的身边，表情安逸满足得像是找到了家的小鸟，或是一只吃饱了在慵懒晒太阳的猫。

从那之后，她拍的各种风景中总会多出一个人的身影，美食照中的餐具也从一副变成了两套。最怕孤单的 E 小姐，从此以后应该不会再一个人了吧。

所以，如此快到一年，听说她主动提出分手的时候，大家都以为是愚人节的笑话。

她烤了一大盘马卡龙，来答谢各位"兼职人贩子"的大力支持，并且委婉地表达了自己回归单身的意愿。当红娘当得最卖力的一个姑娘疑惑不解："你不是说不想再孤单吗，那男生不是挺好的嘛，他怎么伤了你的心，让你重回灭绝师太？"

"我们俩可是和平分手，不存在伤心的问题。"她认真地调制着招牌的 E 式鸡尾酒，"两个人的孤单，比一个人冷冷清清更加可怕。我这可是亲身体会，未婚的姐妹们共勉啊。"

对于两个本不在同一个频道的人，一个人的孤单，只不过是无聊和些许的一点伤感，而两个人的孤单，却是压抑至极的沉寂。

明明还是在对话，偶尔一起看着电视笑一笑，一起出去吃饭旅游，可是你在想着和他在想着的东西，就是那么不一样。你努力了一千零一次，想要告诉他你的喜悦、悲伤、憧憬、失望，却像打在棉花上面的拳头一样空洞无力，换不回一丝一毫的哪怕是在尝试的感同身受。

身边明明是有了陪伴，空气中也不再是一个人冷落伶仃的味道。心中却好像被挖了更大的一个坑洞，更加茫然得不知道要用什么填满。

她自嘲地一笑，语气恹恹："看来，爱情这件事儿，真的远没有传说中那么伟大……"

4.

2014 年，张曼玉出现在了北京草莓音乐节上，然而因为她屡次破音、走调，遭到了现场观众的嘘声以及网络上铺天盖地的炮轰，"一个五十多岁的老女人了，为什么就不能安安分分地好好演戏，瞎折腾什么啊，人老珠黄还非出来丢自己的脸。"

对此，张曼玉后来在开场前自嘲，"我昨天用拼音在百度查怎样在草莓音乐节唱歌不走调，查很久也没查到，所以今天可能继续走调。我还要澄清一个事情，我今天是四十九岁七个月零三天，而不是五十多岁。我从小有个梦想就是要唱歌，我演电影演了二十多次还被说成花瓶，唱歌也请给我二十次机会，我会一直努力。"

　　可能很多人会想，拜托，人家可是张曼玉啊！一路当了这么多年女神、影后的她缺少什么？金钱、名利、爱情，还是跑车、豪宅、名牌包？多少男人站在像她这样人生开了挂一样的女人面前都会觉得心虚汗颜吧，在这世界上还有什么能让她在意、能伤害到她的呢？

　　实际上，那番话虽然在当时为她赢得了很多喝彩，但是那次的经历还是令她深受打击，据说很久很久之后，有朋友在香港和她聊起音乐节的事，还没说几句她就忍不住哭了。如张曼玉般的成功女人都尚且如此，广大普普通通的女生就更无须多说了吧。

　　谁都不是铜铸铁打的，刀枪不入，所以，别把女生的内心想得太强大，别把女生真当成女汉子，就算你真这么想过，你也要弄明白一点：每一个女汉子其实都有一颗少女心，希望被疼爱，被捧在手心，希望有一个人能始终愿意小心地护住她的孩子气。

当一份爱情真正打动一个女人的时候，哪怕她再好强、在强势，也会恍然一瞬觉得，她真的可以不用征服世界，不用冲锋陷阵，不用功成名就，不用腰缠万贯也能感觉到幸福和满足，她甚至有一点儿失去了雄心壮志，但却反而觉得，嗯，这样也不赖。

5.

昨天傍晚，小鱼突然在微信上跟我说："有时候会想，要不就找个男朋友吧，找个男朋友，就算没有轰轰烈烈、刻骨铭心的爱情，好歹也可以有静水长流的依靠与温柔。"

我问她，为什么突然想要谈恋爱。

她说，"我现在一个人生病在家，头痛，鼻塞，浑身发热，吃不下饭。但没有几人知道，也没有人放在心上。他们只在意我会不会把他们明天的活动做好，他们只在意我能不能顺利地完成工作。没人在乎我有没有吃饭，也没人会想到问我是不是身体不舒服。我是那么希望有人能在第一时间发现我生病了，希望有人能在我难受的时候可以照顾我……"

看完她的回复我才恍然大悟，原来是因为这两天感冒发烧无人照顾，想得到关怀却无人给予，她才萌发了想找个男朋友的想法。

以她的视角来看，似乎谈了恋爱，自己现在所面临的一切问题就都迎刃而解了。

无独有偶，我的另一个朋友也曾这么对我说过，被欺负的时候、受委屈的时候、生病的时候、被忽视的时候、一个人无所依靠的时候，她都在想，那个人到底什么时候才出现？她不想一直活得像个女汉子。

这听来有些令人唏嘘不已。但是，亲爱的，找到男朋友后一切就会改变吗？

很遗憾，答案也许是：不会。

恋爱其实也只是一种交际，它无法从根本上改变你的生活。

物以类聚，人以群分。这条人际交往法则于恋爱中一样
适用。你必须首先是一个独立的完整的人，才能遇到一个同
样优秀的、独立的他。若你自己是不完整的、没有安全感的、
生活无法自理的，你能遇到的，可能只是同样喜欢抱怨的、
需要女友安慰的、犹豫不决的他。

醒一醒吧，姑娘。

这世上没有专属于你的超人，阳光暖男基本上也只是电
视剧用来吸粉的角色设定而已。更多的时候，我们依旧是一
个人生活，一个人勇敢面对生活所赐予的所有挑战，即使有
了男朋友也是这样。独立和坚强应该内化成你的精神内质，
这与是否单身无关。

而所谓的独立与坚强，是你出远门总会自己带伞，很少
再把自己淋湿，是你能控制自己的眼泪，很少再把自己感动
哭，是你学会善待自己，照顾好自己，是你逐渐成为独立的
个体，而不是将生活侥幸地寄托于外在的一切。

要记住，没有人一定会在雨夜接你，没有人一定会读懂
你的心，即便他是你男朋友。

你的安全感不能依靠于别人的照顾和疼爱，更不能依靠一段看似热烈的爱情和一个热恋中无微不至的男友。

亲爱的好姑娘，你的安全感，应该来源于手机满格的电量，过马路时路口亮起的绿灯，出门随身携带的身份证、手机、钥匙还有钱包，包包里常备的纸巾和创可贴，按时做好的工作，下雨天提前收好的衣服被子，以及生病时还能撑着一个人去看病打针吃药的力气和理智。

所以，永远别太依赖任何一个人，一旦哪天他不找你、不陪你、不哄你了，你该怎么办？

爱情不能为你解决全部问题。相反，谈恋爱是互相付出彼此扶持的过程，而不是单向的索取。

不要任性地要求对方为你做好所有的事情，像偶像剧一样，你需要了他总能出现在你身边，你要知道，男朋友并没有偶像剧里那样的无所不能。即使你是需要被照顾的一方，也不要想着放肆去依赖，妄图霸占对方整个的心，以寻得自己想要的关心与安全感。

缺少独立和自由的爱情，对彼此都是一种束缚，只会压得人喘不过气。

这世上没有人有义务帮你解决所有的难题，也没有人一定要承受你所有的任性和坏情绪。

你必须让自己强大起来，强大到一个人也足以面对暴风雨的洗礼，才能成熟冷静地迎接属于你的爱情。而不是出于寂寞，出于无助，奢望一段感情带给你翻天覆地的改变。要知道，你自己不努力，难题也不会因为爱情的出现而迎刃而解。

爱情不是你依赖别人的理由，也不是你推卸责任的借口，相反，一份成熟的爱情需要你付出更多的心力去维持、去经营、去呵护，才有可能长久。

愿所有单身的好姑娘，都能在最好的时刻遇到你的 Mr. Right。爱情不急，先让自己神采飞扬，再去遇到那个美好如诗的他。

6.

遇到有趣的事情因为不能讲给别人听，自己也很快就忘记了，日子慢慢变得无聊起来。

喜欢的美食美景，吃到看到都没有人共享。难过的时候，觉得跟谁说都不合适。

夜晚的时候，周围寂静到似乎能听到自己心跳的声音。白天的时候，走在街头，看着别人一双一对有说有笑，就好像全世界的热闹都与你无关。

跟你从小玩到大的好朋友们都在忙着恋爱结婚带小孩，大家聊天的话题你却已经格格不入。

你一个人去喝咖啡，一个人去吃火锅，一个人做甜点，明明只做了几个，放到冰箱却好久都吃不完。

……

看吧看吧，不知是从什么时候开始，孤单变成了那么可怕的东西。

孤单，它等于一筹莫展，等于形单影只，等于全世界将你淹没，等于许多人带着善意的、同情的目光，等于许多人带着不解的、质疑的表情，等于即使你明明知道自己过得很好，却在天长日久的孤单中也开始怀疑起自己："我的生活是不是真的不正常？"或是渐渐滋生出一点对于热闹的渴望。

于是，要想尽一切方法逃离孤单的魔咒；于是，想要许多的陪伴和喧嚣；于是，想要试图用去爱或是被爱，来填满"孤单"这个大大的坑洞。

可是，这样的路程却往往从一开始就计算错了方向。

两个人对面而坐，想要说些什么又不知要说些什么的尴尬时刻，远远要比形单影只来得更加难熬。

明明是在聊天，你却甚至比一个人不说话的时候更加不懂你自己。明明是手牵着手，逛着热热闹闹的街，却莫名其妙地怀念起一个人看电影、看书的安静空气。

爱情这东西，真的一点都不伟大，明明是个傲娇、任性又不能强求的东西。

人人生来皆孤独，本来就是再正常不过的状态。每个人都有着自己的路要走，父母、朋友、爱人、子女，全部加起来的日子，也不会比你自己陪伴自己的时光更长。这样的孤独并不是件什么坏事，或是一种罪，它原本就是每个人与自己相处时最本真的状态。

只要你有自己，对自己持有饱满的热爱，有自由、有爱好、有追求、有憧憬、有思索，每一天都发现生活里的不同，走过不同的路，翻过不同的书，跟不同的人聊过天，哼过不同的歌，想过不同的事，有过不同的心情。

你的生活中可以没有谁，但如果你愿意接纳或者追求，就用同样的爱去回应，而不是想着用别人的水岸去停泊自己孤单的船。

如果你尚未等到这样的人来敲你的门，也还没有准备好去敲别人的门，那就过好自己的生活，让它色彩斑斓有声有色。每一分每一秒都尽量按照自己所爱所想去生活。你总会在向前走的路上，遇到想要遇到的人。

你或许无法让自己不再孤单，却也可以让自己从未寂寞。

像水木丁写过的那句"一个人就是一支队伍"，形单影只又如何？

Say
Good Night

"

我无所畏惧，只因为我知道，
在我的生命里，挫折会来，也会过去；
热泪会流下来，也会收起，
没有什么可以让我气馁的。

因为，我有着长长的一生，
而你，一定会来。

那么，晚安。

遇见 。。。
Meeting

相遇不必太早，我怕我不够好

我们都希望，
在最好的年华里遇到一个正好的人。

但世间从来没有那么多的刚好，
谁都难免会错过一次航班，
错过一场彩虹，错过一声告别。

可是，
既然是对的人就还是会出现，
哪怕晚一点，但真的没关系。

毕竟，
相见恨晚背后藏着的，
都是还好遇到了。

1.

高中的时候，他和她是同班同学，彼此的心里其实都有一点喜欢对方，但是，这一切的小感觉、小心思也就只是维系在那种懵懵懂懂之间，终究，谁都没有去说破。

后来，女生考上了一所很好的本科，男生出国留学。两个人就好像所有人当初都曾经历过的那样，毕业了，就大家各自分开了——毕竟，年纪轻轻的时候，谁都没法承诺，自己能给谁一个确定的未来。

再后来，女孩并没有从事她的本专业，而是去当了空姐。

无比巧合的是，有一次，男孩竟然在回国的飞机上和女孩重遇，当时，他们几乎同时认出了对方。

男孩极为惊喜，但更多的其实是诧异。因为他很清楚，当年北方航空公司的那次"5·7"大连空难举国震惊，机上人员全部遇难，而她的一位亲人恰恰就在其中。所以，她的心里一直留有阴影，当初甚至为此特意回避掉了一些相关的院校和专业。

"我真的做梦也想不到，为什么你会成了空姐。"

"其实，我是在等一个人。我希望，在他回国的第一时间里，遇见的第一个认识的人，会是我……"

大概，当一个人真正消失在了你的生活里，又或者，当你看到了更多、更不一样的风景的时候，还依然会不由自主地想念起那个人，你大概就应该已经知道自己内心深处最真实的想法了。

很多人也都曾想过要为这样的想法去做点什么，去给自己一个交代。只不过，有的人更加勇敢一点，真的去做了，甚至不求什么结果。

所以，看似奇迹般的巧合，其实常常都有着它的自有安排。

世间事大抵如此。

一切美好的事情，都会静静发生，因为在这个世界上，信者得爱。

2.

以前总觉得，所有的缘分未到或缘尽于此，都不过是不够相爱、不够勇敢的托词。但随着感情的起起伏伏，聚散离合越来越多，好像渐渐明白，人世间，是真有缘分这一说的。

缘起时，一个不经意的决定就邂逅了心动；缘动了，千难万阻都会水到渠成。有缘分的爱情，可期不可求。

缘分到底是什么？它是一种自我安慰的幻觉，还是上帝给的额外奖赏？

我想，生活中大家都有过类似的经验，那就是新认识一个人的时候，就觉得有莫名的熟悉感。

在我看来，这就是一种缘分。

去年年底，我的好友龙猫失恋了，他很伤心，因为那是他人生中的第一次恋爱。对待爱情，龙猫非常相信缘分，对此我常嗤之以鼻。我向来认为，所谓相信缘分或者看眼缘之类的托词，不过就是"看脸"的修饰说法。

那天我约他一起喝酒聊聊，等我到了地方，他却临时来电话说有工作来不了，放了我鸽子。百无聊赖，我就没去约好的店，而是随意走进一家日料店，点了些寿司、清酒，独自小酌。这时背后有人认出了我，喊着我名字。

我回过头，是我大学里认识的两个女生——雯子和马丹。虽然多年未见，但以前算是有点交情，于是便坐了过去闲聊，然后才得知，雯子前两天刚辞职，准备离开这座城市，回家乡发展。

回首这两年在这里的收获与失去、快乐与悲伤，大家都很唏嘘。她离开的原因，也更多的是因为情伤。

我心里还正想着呢——怎么一到年底失恋的人就这么多，忽然手机响了起来。原来龙猫那边出了乌龙，临时的工作取消了，于是赶了过来。

当龙猫坐在雯子前面的时候，我忽然有种在联谊的奇妙感受。两个本没有联系的失恋之人，却因为我阴差阳错坐在了一块儿。

我们随意聊着却又意外发现，龙猫与雯子竟然是同一个地方人，酒过三巡菜过五味，大家也开始熟稔起来放开了开玩笑。龙猫很擅长捧哏，雯子性格直爽，很会吐槽，两个人一搭一合，非常有意思。之后我们又换了一家咖啡馆，一直聊到很晚，在马丹的怂恿下，两人留下了电话号码。

当时我也没多想，就觉得是一次愉快的聚会。直到一个多月后的圣诞节，我在朋友圈看到一张照片，是雯子发的，一堆龙猫的玩具。然后是龙猫发的照片，一起吃饭的画面。

我一时有点没反应过来，连忙打电话给龙猫，他羞涩而喜悦地告诉我："托您的福，我们在一起了。"

这世界变化快，原谅我没明白。

龙猫说，本来那天分开后，他们也就没联系了，他本来就不是主动的人，虽然觉得女孩不错，但考虑以后两地发展，又刚刚认识，没可能的……

谁料，两周后他开车回家乡，却意外地在路上碰到了雯子，两人都非常惊喜而意外，送她回去的路上，看着女孩明亮而喜悦的眼神，他说："再次见到她的那一刻，就开始害怕分别的到来。"

他想，这次是真的缘分到了。

半年过去了，他们的感情非常稳定，每次聚会出来，我
都很欣慰地看着他们仿佛老夫老妻一般的互相调侃，以及一
点一滴的默契与关怀。等一切准备妥当，明年就打算结婚了，
衷心祝福。

这件事是朋友圈中的美谈，因为任何一个决定的改变都
不会有最后的结局。

如果那天我没有约他喝酒，如果那天他没有接到乌龙电
话，如果那天我没有随意走入日料店，如果那天雯子她们不
是刚好去那吃饭，或者没有认出我。如果后来龙猫没有过来，
那就不会有第一次相遇。如果没有第一次相遇，即使后来他
们再碰到，也只是两个擦肩而过的陌生人，而不会走入彼此
的生命。

这么一想，人生真是神奇，你每一个看似不经意的决定
与选择，都可能完全改变你的命运。

我们的人生，何尝不是一个看似平淡实则充满无限可能

的蝴蝶效应？

我们永远不知道下一秒会爱上谁，或者是你曾经视若无睹的老同学在多年后的不期而遇；或者是假日里一次心血来潮的短期旅行；或者是你身边某个木讷的同事一个雨后的顺路送行，而且聊得竟异常的投缘；更或者是你本来排斥、勉为其难参与的一次相亲……

这种不确定，正是有些人相信缘分的原因。

缘分本身就像量子理论中的不确定性，跟著名的薛定谔的猫一样，不到你亲手打开的那一刻，它永远不会给你一个确定的答案。

3.

一个下着细碎小雨的下午，被天气和最近几天频密的工作弄得心情有些阴郁的他，开车路过一条老街，透过车窗，他一眼看见，街旁的树下站着一位姑娘，那位姑娘穿着天蓝色的碎花裙，留着一头乌黑柔顺的披肩长发，没有打伞。

当时的他，怦然心动，觉得自己一直在找的姑娘就该是这样。

　　真的不知道是从哪里来的勇气，他决定在下一个路口就掉头，说不定运气好的话，还能和那位姑娘说上句话。在把车往回开的路上，他甚至对着前视镜自己练了练微笑，想象着在与那位姑娘打招呼的时候，说什么话、配合怎样的表情，才不会让姑娘觉得他太唐突。

　　当他怀着满心的期待、紧张和惴惴不安，把车开到那棵树下的时候，姑娘已经走了。

　　后来，他总是在时间还有充裕的时候，就故意绕路来经过这个地方。有时天晴，有时阴雨。

　　在那里走过很多女孩，有的长发披肩，有的是颜色明亮的卷曲短发，有的穿着好看的牛仔裤，有的穿着刚好把膝盖遮住的裙子，只是，那个有着一头披肩长发、穿着碎花裙的姑娘，她却再也没有出现过。

　　再后来，他已经很久都没有去过那条街了，但总是会想起那条街、那棵树，以及那场可以不用打伞的小雨。只是，他却怎么也想不起那个姑娘的样子。

只记得，那一头乌黑柔顺的披肩长发和那件天蓝色的碎花裙。他就想啊，那个姑娘也许把头发剪短了，也许她没有再穿那件碎花裙了。

他恍然间似乎明白了，原来，自己一直在找的，其实是雨中让烦躁的他惊艳过的那身碎花衣服，是他理想中女孩子的那一头披肩长发，而未必真的就是那个女孩子本人吧。

许多人大概都会有这种感觉：你会莫名其妙地喜欢一个人，也会莫名其妙地讨厌一个人。你喜欢的那一个，不管别人眼中的她多么不好，你依然喜欢她、维护她；至于你讨厌的那一个，可能人品、长相、家世等都不差，但你就是看人家不顺眼。

怎么办呢？只能说，这个世界上有种东西叫作"眼缘"。喜欢的，掩饰不了；讨厌的，没办法敷衍。

世界上永远没有无缘无故的喜爱，只是，有些原因你不能明白，而我没有坦白。或许，是相遇时恰好你笑了，或者，是你皱了一下眉，所以你来了，所以我爱了。

4.

现在，一个刚满二十五岁的女生竟然已经会在感慨：我最大的悲剧，就是没在最好的年龄把自己嫁出去。

想一想，这实在是让人有点不寒而栗。

如果你的婚姻只是因为难敌悠悠众口，只是因为害怕孤单，然后急急忙忙随随便便成立一个看起来"门当户对"、实际让你感到更加担忧和孤独的家庭，这到底会比单身的你好多少？

孤独并不可怕，真正可怕的，是在你身边躺着一个你不爱他、可能他也不太爱你的人，午夜梦回，那种完完全全彻头彻尾的孤独。

我一直崇尚婚恋自由，认为关于爱情的一切不过是顺其自然水到渠成的事情，世上其实只有好的爱情和坏的爱情，但是没有早的爱情和晚的爱情。

好的爱情，十八岁开始可以，三十岁开始可以，四十、五十都可以，爱情其实与年龄无关。

"我爱你，因为你今年二十五岁"——这种观点你难道不觉得非常奇怪吗?

好的爱情，就是遇见一个互相认为对的人，然后彼此陪伴，一起好好地走下去。当然，即便万一没能一直走下去，也要好好道别说再见。

何况，爱情远非人生的全部，也并非你是否有价值、有意义的评判标准。人生如此漫长，如果要和一个无爱无趣的人生拉硬扯地过上一辈子，怎么看都是一部荒诞的悲剧。

所以，不存在"剩女"，只存在懂得去爱和不懂去爱的人，前者无论单身还是结婚都能感受得到幸福，后者即便结了婚，依然难以幸福。

一个爱人爱己的男人，大概不会去爱一个迫不及待想要嫁人，认为结婚之后就入驻了安稳的堡垒、从此高枕无忧的女人，男人也不会去爱一个自认为自己是"剩女"的女人。

如果自认为"剩女"，想想超市里边被挑剩的水果的命运吧，被想要捡便宜的人随手拿去，绝对不会珍惜，或者和其他货物绑在一起，买一送一。难道，这会是你想要的吗？

那些害怕自己被"剩下"而把自己随便嫁出去的女人，说到底，就是对于自己理所应当得到幸福的不自信，对于女性可以把握自己的人生的不自信，对于成为一个独立的自己，拥有把生活过好的能力的不自信。

这些不自信会让人"噩梦成真"，可能真的从此便与幸福无缘，从此无法把控自己的命运，过上最糟糕的生活。

其实，女人就应该骄傲地活着，不只女人，人人当如此。去爱自己，无论有无爱人，都要学会独立自主，学会积极乐观地面对生活，寻找自己的天赋，做自己想做的事，成为自己想要成为的人，不断思考，不断学习，赋予生命意义，努力去掌握自己的命运。

这些，才是生而为人，不负此生，这些，也是人所以为人最吸引人的地方。

再年轻貌美、火辣性感的女人，也无法通过身体来长久地吸引一个男人，得到他全部的爱，但是一个优秀的女人，她的自信与优雅、温柔与贤淑，让她就像一本永远也读不完的书，一杯品不尽的茶，值得一个同样优秀的男人倾其一生去阅读、去感受。

这样的女人，耐得住寂寞，经得起时间，她们内心丰盈，从未贫乏，所以，年纪从来不是问题，她们从来不会觉得自己是个"剩女"，因为永远都会有人对她们怦然心动。

在生命的这条漫长的路上，太多的时候，我们在找、在追、在撞，经过了时间的洗礼，才发现，爱其实就是一种遇见，无关等待，也不能准备。

如果有一天，你想结婚了，我只希望，那是因为爱情。

5.

渡边淳一在《情人》里说，女人在二十几岁的时候会担心自己嫁不出去，可上了三十岁，一种女人的倔强便会油然而生，或者说，她自己独有的生活习惯已经根深蒂固，再想要改变，已经非常不容易了。

其实，这世上的人，哪有不怕孤独的。在那些独自加班回来的夜里，自己一个人孤零零窝进沙发里不想开灯的时候，内心一定会有个声音对自己说：我不能再这样下去了。

陈白露有一句名言："好好地把一个情人逼成自己的丈夫，总觉得怪可惜似的。"而在亦舒那里，这句话被转述成了这样："好好的一个男人，把她逼成丈夫，总有点儿不忍。"

其实我想说的就是：同样的道理，女人也是一样。

说真的，一个女人要有多少的勇气和多少的爱，才能不出去找朋友逛街、吃饭、喝茶、练瑜伽，而是愿意站在厨房，把那一大堆油腻腻的碗全都给洗掉；才能不计划出去旅行，而是愿意把自己关进洗手间，把一家人的脏衣服、臭袜子统统洗干净？

请注意，是每天，每天！

当然，这世上有一个永远有效的法则，那就是一物换一物。怎么讲？

单身的时候，你用一个人做饭必多、煲汤必剩、连咖喱和调料都能放过期，水电煤气哪里有问题你只能一个人想办法去解决，前一天熬夜第二天早上睡到快迟到了也没人叫醒，你要用种种的尴尬、用一切的兵荒马乱，换来你可以一放假抬腿就走、无牵无挂去旅行；

换来你不用在想看场电影、想吃四川火锅的时候，必须要顾虑对方有没有时间、对电影类型的喜好，顾虑对方能不能吃辣；

换来你不用面对孩子哭闹、老公晚归、公婆太唠叨，周末还有机会可以睡到日上三竿。

两个人的时候，你像是被"挟持"着，用放弃一部分的自我，你要忍受对方大大小小的毛病，你要扛起更多的责任，去换来每天下班回家在楼下就可以看到屋里亮着暖暖的灯光；

换来有人在离开你去外地出差的时候，傻傻对着他手机里存着的你们的合照犯着相思病；

换来父母每次一想到你的时候能更加安心，不用惦记胃不好的你就算是哪天半夜里疼醒了也没有人在身边照顾；

换来你不必连下楼扔个垃圾、取个快递、买个酸奶，都得提醒自己重要的事情说三遍：带好钥匙、带好钥匙、带好钥匙！

当然，也有人说，一个人的独处，远胜过对另一个人的迁就。而我只是想说，当你习惯孤独，也许就是最大的孤独了。所以，你还是应该试试有人陪伴，哪怕从做普通朋友开始。你给他机会，而他能给你化好妆出门的理由，能给你买新衣服、新鞋子、换发型的动力，能让你知道最近上映新电影里哪一部是真的好看，能让你去试一下最近新开的日料店。你的生活也许会开阔起来，而不是除了办公室，就是宅在家。

说不定试过后会发现，两个人在一起，你所得到的快乐，可以远远大过你所付出的迁就。

"

你在哪个城市,
哼着哪首情歌, 你换了怎样的发型,
你是在喝冰可乐还是热咖啡,
你是在夜色中奔跑还是已经入眠……

我不知道你在哪里,
却坚定地相信, 我终会遇到你,
陪我沉默看风景, 陪我哼着老情歌。
你在哪里都好, 只要, 你在等我。

那么, 晚安。

暗恋。。。
Crush

我的每一句再见，
都是最含蓄的告白

很多时候，
总要有人试着踏出去，
往前迈一步才行。

毕竟，我们都该明白，
暗恋那是小孩子才会玩的把戏，
不是吗？

愿你爱上的人也最爱你，
你不必只是在心里
默默地对那个人说：
我爱你，与你无关，
所以，我且干杯，你随意。

1.

她的手机解锁密码，是她自己名字的拼音。

有一天，部门同事们出来聚餐，她在无意间拿错了邻座一个男同事的手机——两人的手机恰好是同一个牌子、颜色和型号。可是当她下意识地把自己的密码输了进去，居然成功解锁了！而她也马上就惊讶地发现了，手里拿的原来并不是自己的手机……

她满脸疑问地转过头，看向他，欲言又止，而他的脸已经就快红到了耳朵。

他的目光没有迎上她的，依旧停在自己手里的筷子上，却更像是在自言自语般温柔地说："密，密码……其实，已经很长时间了……"平时一向口齿伶俐、爱讲冷笑话的他，这时候竟然紧张到不知所措，语无伦次到有一点结结巴巴。

女孩安静地笑了，他并不知道，她先前曾经悄悄告诉自己最要好的闺蜜，说自己好像喜欢上了公司里的一个男孩，他讲的冷笑话真的特别逗。最近，那男孩新换了手机，和她的是一样的型号……

世上最美好的事无非就是，耳机音量刚好能盖过外界噪声，闹钟响起时你刚好自然醒，下雨天你刚好带了伞，你肚子饿了刚好可以下班吃饭，你困了刚好身边有张舒适的床，你犹豫着要不要给他发信息的那个人刚好给你打来了电话，你喜欢上他的时候就发现，他刚好也喜欢你。

愿你喜欢的人也最爱你，他当真欣赏你的热忱，懂得你的认真，保护你的单纯，看穿你的悲伤，包容你的一切。

有一天，他会当着所有人的面，自然大方地牵着你的手，你的朋友们无一不知道他的样子，他的朋友们也都是一样。他的床头会有你随手翻看的书，洗漱台他的漱口水旁边放着你的粉底液，更衣柜整齐的西装白衬衫中间夹着你的连衣裙，车的副驾驶座位是你的专属位置，连夜晚独自窝在客厅的沙发上等他回来都成了最幸福的事。

最后，你们结婚了。

2.

我曾经认识一个女生，她暗恋着和自己同一个院系的学长，然后就悄悄用"正"字记录着与学长见面的次数，一直记录到他毕业离校。

为此，她去加入他所在的社团，她去报名参加他主持的院系文艺活动，她也会去他比较常去的图书馆自习室。到那位学长毕业的时候，两年了，她的"正"字都写到四十几个了，但却始终没有去表白，始终就是那样不显山、不露水地默默喜欢着。

也不是没人问过女孩是否觉得遗憾，女孩没有回答，就只是微微笑了笑。那笑容，干净又好看，好看得出奇。

我忽然想起当学长毕业以后，她在朋友圈上转发过的一句话，她说："我喜欢你"这句话，可以秘密一个人的一整个青春。但是，哪怕再怎么遗憾，你心里仍然该知道，这世上的所有巧合，不过都是另外一个人的用心而已，只是，不想懂的人永远都不会懂。

嗯，的确。

可是这世界上也有另外一些人，明明知道表白成功的概率很低，失败了就连朋友都做不成了，但他还是表白了，在他看来，喜欢谁这件事，千万别拖，最好是你不藏着，我也不掖着，又不是在演电视剧，把剧情拖得那么长干吗啊，要虐出收视率吗？

世上的很多事就是输在一个"如果"上，其实，如果你肯再勇敢一点儿，或许你就真的过上了另外一种人生，又或者，那个人就真的跟你一路走下去了呢。

3.

他大她一岁，小时候，两家住得很近。

六岁的时候，他帮她揍了隔壁班欺负她的小男孩儿，咧着还带着疼的嘴角说："笨蛋，你不要哭了，哥帮你教训他了。"——他常常对别人自称是她哥哥，而她却怎么也不肯叫他一次。

十二岁，他说，他不喜欢她的短头发，说太像个假小子。她撇撇嘴，一脸不屑，却还是悄悄地蓄起了长发。

十七岁，她拿着收到的情书，故意问他，觉得那个男孩子怎么样，还说那个男生塞给了她一只情侣戒指。他随手拿了桌子上的易拉罐，拔下拉环，霸道地往她手心一塞，一脸别扭地告诉她，这个都比他那个什么情侣戒指好看多了，什么破品位，还想追女孩。

她其实心中暗暗窃喜，当天就把戒指还了回去。

二十二岁，她大学毕业，举家搬去了和他不同的城市。

二十六岁，她接到了他的电话——他要结婚了。

婚礼上，她见到了他的新娘。

他替新娘介绍说，"这是我从小看着她长大的妹妹，多好看，我说得没错吧。"新娘说，好羡慕他们那么多年的好交情。她只是笑笑，对他说："好好对人家，哥。"这是她第一次叫他哥。

婚礼快结束的时候，她悄悄离场，请了别人把一份礼物带给他。

他站在新娘身边，看着手心里的那枚易拉罐拉环，忽然红了眼眶。

有段话说得太对："荷尔蒙决定一见钟情，多巴胺决定天长地久，肾上腺决定出不出手，自尊心决定谁先开口，最后，寿命和现实决定谁先离开，谁先走。"

有一类人，小时候把心里话写进日记，长大后把心里话藏在草稿箱里，从不肯轻易表露，所有的心事都说给自己一个人听。于是，直到最后，那个终究还是没能在一起的人，会变成一首歌，成了另一种天长地久。

世上有很多事，在别人眼中是大大的遗憾，就比如这种偷偷的喜欢。

但是话说回来，事后回想起来，这倒也未尝不是过来人的大庆幸。庆幸自己的生命中能有这样一个可以一直偷偷喜欢的人，可以温暖生命，可以以另外一种方式，保全了一段足够美好的记忆。倘若真的勉强在一起，说不定世上就多了一对最熟悉的陌生人。

4.

毕业以后进入社会的第一份工作，她做了五年。

她和他同公司、同部门，他是部门经理，她的上级领导。从刚进入公司的第一天算起到现在，她偷偷喜欢了他整整五年，而他和自己的女朋友在一起也已经五年了，感情一直不错。最近，她听见他说，他年底结婚。

她已打好报告，到月底，正好做完了手里的项目，她就将离职。

从二十二岁到二十七岁，走过了生命里最美好的五年，这段只有她一个人懂的故事，也是时候该画上一个句号了。

这世上，有人为爱奋不顾身，有人将其藏匿一生。

你是天晴、是夜雨、是黎明、是夕阳，唯独不是怀抱；你是天、是雾、是鸟、是酒馆，唯独不是归宿。

你的手，是我不能触及的倾城温暖；我的心，是你不曾知晓的兵荒马乱。

有时候，我们所遇到的爱和喜欢就是这样，胸口有雷霆万钧，唇齿之间却还是云淡风轻。

爱上一个人会觉得，他是夜空中独一无二的那个月亮。可是，月亮总会有圆有缺，不会天天、永远都挂在那里啊，有一天它会消失，你会找不到它，你要怎么办？

有的人说，我们活在世上，什么时候会在哪里遇到谁，都是注定的。有的人，和你并肩做伴几条街，走过一程之后就得转弯，渐行渐远。而有的人，却注定能和你十指紧扣，漫步到最后。

谁都想自己的爱情花好月圆人长久，可其实，指路的往往都是星星，而非月亮。

所以，喜欢你的人抬起头，自然能在天空中找到你，他会和你挥挥手，让你知道他在哪个方向。

5.

暗恋一个人，是什么样的感觉？

他是你的择偶标准，但却不可能是选项。

好想告诉他"我喜欢你"，但却发现，他是聋子，你是哑巴。

听说了一些事，明明就是不相干，可还是会在心里拐上好几个弯，想到他。

仿佛他在哪里，阳光就在哪里，想靠近他，又忍不住走远。傻傻地徘徊在那样一种安全而又让人失落的距离里，有时难过，有时甜蜜，却都是自己的内心戏。

偶尔有他的眼神掠过，自己能在心里解读出上百个小故事。

终于有一个机会和他说了几句话，就像荒景里碰上了丰年，日日夜夜捧着那几句话，颠来倒去地想着，非把那话里的骨髓榨干了才罢。

暗恋的坏处在于两点：他不懂你的付出，你和他最终可能也没有开始。而好处却很多：他看不见你难过，他看不见你痛哭而透不过气；他看不见你在日记里空白处写满他的的名字；他看不见你用着炙热的目光搜寻他；他看不见你忌妒到内伤的表情；他看不见你站在他背后心酸到落泪的模样。就因为他看不见，所以你不用怕。不用怕被拒绝，不用怕被排斥，这些好处你为什么不用呢？虽然也有一个清楚而遥远的声音告诉你：这些好处和坏处相比，根本不值一提。到头来绝对只是白费功夫。对于这些你也会点点头附和：没错，但这样很足够了，够了。

暗恋，只是一个人的独角戏，因为害怕一旦说破就变成了悲剧。所以，暗恋也就成了一部最用心的哑剧，任由它在自己心里翻来覆去地演过一幕又一幕。

就像林夕曾经所说——他可能没有做过什么，也可能不小心做多了些什么，却害他无辜地被你大爱了一场。

"对你来说我有多普通，对我来说你就有多特别。"

"你送我一片树叶把玩，而我却当成一座森林栖息。"

"除了你看我时，我都在看你。"

"在一场雨的时间里，你没看我，我没看雨。"

"擦肩而过时假装跟身边的人谈笑风生，可心思却一点一点随着余光里的你走了。"

"……"

　　暗恋时，所有这些事、这些心里的台词，全都是只属于你一个人的秘密，你怕他知道你喜欢他，又怕他不知道，更怕他知道了以后装作不知道。

　　这种害怕，就好像面对一个夏日的泡沫，阳光下的绚丽，终抵不过一触就破的命运。

　　当回头想想，多少有关暗恋的故事，尽管美好，但终究还是止于唇齿，掩于岁月。

　　暗恋最幸福的结果，是你暗恋的人也刚巧喜欢着你。但是很多时候，一场暗恋，可能只是感动了自己，最后还是无疾而终，任你再怎么心疼、心碎、心酸，结果也只有一个人承受这所有的心思。

　　一场暗恋就像是一场战争，敌人和战士都是自己。胜利和挫败都只是我一个人的雀跃低落，而你是全世界的中心却浑然不知。

　　而当撑到了最后，暗恋都变成了一种自恋。那个对象只不过是一个躯壳，灵魂其实是我们自己塑造出的神。明白这件事之后难免突然一阵失落，原来，让人害怕的，或许根本不是你从未喜欢过我，而是总有一天，我也会不再喜欢你。

有些话，是早说的好；有些话，是不说的好。人生总有无法不说谎的时候，也有无法不沉默的时候。有些话不说，就像有些秘密和心事只想埋藏在心底，自己一个人知道。藏起来又不会被虫蛀，有什么好怕的呢？说出了口，却像出笼的鸟儿，追不回来了。

所以，那些最想说的话，藏在美梦里，记在日记里，躺在草稿箱里。

可是，总要有人试着踏出去，往前迈一步才行啊。毕竟，我们都该明白，暗恋那只是小孩子才会玩的把戏，不是吗？

或许，她也不想做你心里的秘密，喝醉后的呓语，清醒后的叹息呢。

Say
Good Night

"

有的爱情，不需要回报，
它只自己回答自己，自己满足自己。
所以，暗恋就变成了
这个世界上最难解的题，
抓住幸福比忍耐痛苦更需要勇气。

而你，一定能遇见那个人，
那个能让你
不用再咬着牙逞强、憋着泪倔强的人。
到时候，请你一定勇敢一点。

那么，晚安。

勇气 。 。 。
Courage

我和你的勇气加起来，
对付这个世界足够了

有的人放弃了爱情，
因为被爱情所伤；
有的人追求爱情，
因为渴望得到永恒。

在这些爱情的轮回里，
逆取者胜，
顺守者败。

爱情是争取，而非等待。

1.

连续三年，每到情人节，他都会收到来自同一个陌生号码的祝福短信，上面只有短短五个字：情人节快乐。

他从来没有回复过。

第四年的情人节，那条短信没有再出现。他犹豫很久，终于还是给那个号码发了句：情人节快乐。

竟然很快便有了答复：谢谢，你哪位？

王家卫的电影里说，不知道什么时候开始，任何东西上都有了一个日期——沙丁鱼会过期，罐头会过期，就连保鲜纸都会过期。我开始怀疑，这个世界上没有什么是不会过期的。

你看，爱情也是有保质期的，不会在原地等谁，一不小心，它便被时间带走了，再追不回。

爱情其实无药可救，唯一的良药就是越爱越深。所谓深，我们可以理解为温暖深厚的感情，换言之，就是相依。

所以，在爱情这件事上，遇到了就勇敢一点，总没错。

2.

他和她，绝对般配。

他们两个人同年出生，喜欢同样的电影，同样的书籍，同样的美食，同样的颜色。

她听到老梗的笑话依然总忍不住会笑，而他就喜欢讲老梗。

他热爱小提琴，而她从六岁起就开始练习小提琴。

无论是从哪一点来看，他俩真的是天造地设的一对，真的是应该在一起的。

某年某月某日，她去一家超市买东西，排队结账时，他恰巧排在她身后。他买的东西并不多，又刚巧有急事，她便允许他在她前面插队先结。

他付了账，对她说了"谢谢"，转身离开。

从此，他们再也没有见过面，说过话。

在爱情这件事上，缘分太重要，重要到有一些人整个一辈子就只够见上一面。所以，如果有幸你牵起了谁的手，就请别急着放开吧。

3.

亲爱的姑娘，二十岁年纪的你，有着一张不需要护肤品保养就白嫩光洁的脸蛋，穿上碎花裙就会像雏菊一样清新，让人闻得到比绿茶香水还芳香的味道，这些是青春特有的气息。

这时候的你，单纯无瑕，你会期待着，用一股飞蛾扑火的信念去爱一个人，觉得他好到值得你不计回报地去牺牲，去付出。

亲爱的姑娘，不是所有善良的人，在爱情里都是好人。你可以把善良当作加分项，但它绝不是评判一个恋人是否合格的标准，他对待世界的那份体贴，未必就会用在你身上。

你所要做的，就是睁大眼睛，排除一切表面的虚幻，看进这个人的内心，是否腾出最温柔的一个地方留给你，再不管不顾地付出也并不迟。

《这一刻，爱吧》中有这么一段话：恋人未满的关系中，就像快沸腾的水，98℃，将沸未沸。这样或许会带来模糊朦胧的美感，但时浓时淡、患得患失的无望爱情，久了，互相喂养的蜜糖也会变成有害身心的砒霜，但因为怕破坏了现有的关系而失去对方，大部分的人选择在这时候冷却下来。没有沸腾的勇气，爱情怎会有未来？

很多人的爱情都是这样，永远处在某部偶像剧中的男女主角"李大仁和程又青"的境界，就是不敢奢望自己能有一个和电视剧一样的完美结局。

爱情如此，生活亦是如此。98℃的你，何时才能沸腾？

很多时候，我们自己就像是一杯98℃的水，就快要沸腾，这个时候差一点儿，水就要变成一种全新的状态。

但我们似乎总在关键的时刻，却决定停止燃烧加热，自己就会冷却下来。水还会是水，我们也还是原来的我们。

这个温度的我们总怕烧干了自己，不是缺少一点勇气，就是缺少一份毅力，然后就让自己僵在98℃，加柴又不敢，冷却又不甘心，于是一直停滞不前。

如果因为害怕改变现状而退却，就永远不能看到另一个自己，无法感受到重生的喜悦。但是一旦退却下来之后，就感觉自己所有的努力都白费了，又不甘心。

就像查了很多资料之后，突然觉得某一篇文章真的不好写，也丧失了兴趣，就决定不写了，但又不甘心浪费了那么久的时间查资料；

就像我们谈了几年的恋爱后，因为个中原因就分手了，但是又不甘心这几年的付出全都化为乌有，所以不停地犹豫要不要挽回……

98℃的我们永远处在一个最纠结的姿态，就像平衡游戏中的小钢球一样，因为前方阻碍重重，一不小心就Game Over了，所以总是在一个安全的地带徘徊。

于是，结果就是别人5局都结束了，他还停留在原地的节奏。

所以，别害怕是否会烧伤、烧痛自己，就请把 98℃的自己烧开吧，不经历蜕变，怎么变蝴蝶呢？

这只是当最后的 2℃是你自己能够补上的时候。很多时候，我们尽了最大的努力，但是水却依旧不会沸腾。这个时候，那最后的 2℃是运气，是机遇，而我们把自己变得最好，也只是停留在 98℃，想要让自己沸腾，必须要等待一场东风，把火吹旺了，才能继续持续加热。

很多人说，不管你有多着急，或者你有多害怕，我们现在都不能一股脑地往前冲，冲出去也飞不起来的。现在的我们只需要静静地去等风来。自己需要做的就是先分辨清楚，自己的最后 2℃是缺在了什么方面，然后，在最适合的时刻去让自己沸腾。

爱，是一件非专业的事情，不是本事，不是能力，不是技术，不是商品，不是演出。它是花木那样的生长，有一份对光阴和季节的钟情和执着。

一定要让自己爱着点什么，它可以让我们变得坚韧、宽容、充盈。

> 岁月还漫长，
> 你心地善良，
> 别怕，
> 总会有人入夜等你，下雨接你，
> 轻声细语对你说出"我爱你"。
>
> 人生总有好运气，
> 漂洋过海来看你。
>
> 那么，晚安。

所谓的长大，

就是终于意识到，

这个世界也许不会像我们小时候想象的那么美好。

我们爱着的人，我们在意的事情，

也许会欺骗我们，也许会离开我们，

我们也许会失去挚爱，也许会遭到背叛，

但是，我们依然会接受所有不愿意去面对的不美好，

勇敢地生活下去。

春风十里，
原来是你

这世上的许多事情，
都是无能为力、无法预期的。
就比如说，
不喜欢熬夜的他爱上了静谧的黑夜，
不喜欢苦涩的她爱上了咖啡，
还有，不喜欢等待的我爱上了你。

PART 2

浪漫 。。。
Romantic

你是我的禅，秀色可"参"

你是从什么时候开始喜欢我的？

我也不知道，
只是有一天，
突然看见你身边的每个人无论
男女都像是情敌，
我就觉得，我大概是没救了。

遇见喜欢的人，
就好似劫后余生，
漂流过海，终见陆地。

美丽的梦和美丽的诗一样，
都是可遇而不可求的，
常常在没能预料的时刻里出现。

你要相信会有那样一个人，
带走你往日的旧伤，
用余生为你暖一壶茶，
晚风微扬时陪你回家。

愿有人给你波澜不惊的爱情，
陪你看细水长流的风景。

春风十里
原来 是你

......

世间从来没有那么多的刚好，
谁都难免会错过一次航班，
错过一场彩虹，错过一声告别。
可是，
既然是对的人就还是会出现，
哪怕晚一点，但真的没关系。

春风十里
原来 是你

春风十里
原来 是你

能够拴牢一个人的，
未必是爱情，而是呵护。
享受别人的照顾，的确是会上瘾的。

我们孤单地来到这个世界上，
都是为了找到一个人，能对自己好。

......

别再纠结那些看似突兀的结局，
实际上那只是每段关系、每件事物的宿命。

就像雪糕掉在地上，
钥匙断在锁里，气球飞到天上。

春风十里
原来 是你

......

总有一天你会知道，
其实，你所失去的，
岁月并不会以另一种方式补偿，
而得到补偿的人，都是在时间里，
用更好的自己去重逢。

春风十里
原来 是你

……

相似的人可以玩闹，互补的人适合终老。
像冬日午后的艳阳，和煦温暖；
像夏日午后的阵雨，扑面凉爽。

不再怀疑，不再等待，
海底月是天上月，眼前人就是心上人。

春风十里
原来 是你

......

故事很长，
先别急着失望。

慢慢来，有一天，
我们都会看见想看的，
听见想听的，
遇见想遇见的。

······

······

春风十里
原来 是你

······

我还是很喜欢你，
像盛夏树梢上的蝉鸣，乐此不疲；
我还是很喜欢你，
像风走了八千里，不问归期。

春风十里
原来 是你

......

尽管最后也没能变成你喜欢的人，
但在这条渴望被你喜欢的路上，
我确实变得更好了。
这或许就是为什么我感到疼痛，
却仍心存感激。
感谢你的辜负，感谢自己的付出。

许多事从一开始就已料到了结局，

往后所有的折腾，

都不过只是为了拖延散场的时间。

他有多好，真的一点都不重要，

那是属于他的。

他对你多好才是真的重要，

因为这才是属于你的。

......

春风十里

原来 是你

春风十里
原来 是你

这个世界最坏的罪名叫太易动情,
但我喜欢这罪名。

1.

A 小姐和 B 先生谈恋爱以后，B 先生一直都没有问过 A 小姐为什么喜欢他。有一次，他和 A 小姐旅游归来之后，他给 A 小姐发了他拍的两人合照。

A 小姐说："你知道吗，和你在一起之后，我每天都很快乐。"

B 先生说："谢谢，你告诉了我我最想要的答案。"

其实，感情能有多复杂，能有多少的曲折离奇、悲欢离合？我们花了那么久的时间去追去问，最后要的，不过是一个最简单的答案。或许也会有矛盾和争吵，但是希望不要有伤心和绝望；或许未来也会有许多的困难，但是我们还都充满一起走下去的勇气。

和一个人在一起，如果他给你的能量是让你每天都能高兴地起床，每夜都能安心地入睡，做每一件事都充满了动力，对未来满怀期待，那么，你就没有爱错人。

最隽永的感情永远都不是以爱的名义互相折磨，而是彼此欣赏，彼此陪伴，成为对方的阳光。

"和你在一起，我很高兴。"

这就是最浪漫、最动听的情话了，没有之一。

2.

前段时间，朋友圈里一个女孩转发了一条微信，标题是《最打动女人的十句浪漫情话》，我好奇点开看看，这些打动女人的话包括：

"陪伴，就是不管你需不需要，我一直都在。"

"你的脚一定很累了吧，因为，你在我脑海中已经跑了一整天了。"

"无论她有多大错，她开始哭的一刹那就是我错了。"

……

我不知道多少女孩会被这些看似浪漫的话轻易打动，甚至会因此迅速爱上对方。

不管需不需要都在，那可能不是陪伴，那是打扰；

在别人脑海里跑一天，那个"别人"也未免太无所事事、游手好闲了；

而哭，往往只是情感宣泄，起不到多大的实际作用。

但是，从她转发的这条信息，我突然明白了少女和熟女之间爱情观的差异：

少女是听觉动物，爱情对她们来说是"谈"恋爱，语言表达具有决定性作用；

熟女是感觉动物，她们明白真正爱你的人没空说很多爱你的话，却会做很多爱你的事。

就像有的人会说："等我女儿长大了我会告诉她，一个男人，他嘴里心疼你挤公交，埋怨你不按时吃饭，一直提醒你少喝酒，伤身体，阴雨天在电话里嘱咐你下班回家注意安全，生病时发搞笑短信哄你……

这些东西其实大可不必太过理会。然后，跟那个下雨了会亲自来接你下班，病了陪你照顾你，吃饭带着你，甚至会跟你说'什么破工作这么累，咱不干了，跟我回家，我养你'的人在一起。"

很多女孩容易被甜言蜜语感动，但是，当你一旦经过了耳听爱情的年纪就会知道，真正的浪漫不是手段，浪漫是能够舍弃，是最必要的牺牲和让步，而真正的爱情，从不停留在甜蜜的告白，而在于长情的体恤和疼爱。

那些只停留在口头的关切和承诺，反而可能是最无意义的，也就只是说说而已，更何况，他今天可以对你说，以后就可以对另外一个人说。

人的精力有限，某一方面特别优秀，肯定对应另一方面存在短板。

所以，我们常常看到太会说话的男人不太会做事，太会做事的男人没有精力甜言蜜语，就像聪明的男人多少和"老实"不大沾边，而厚道的男人大多有点木讷不善言辞一样。

假如你需要的是踏实可靠的男人，往往要容忍他敏于行短于言的弱点；而如果你喜欢听漂亮话，就要接受这个男人的漂亮话不仅说给你一个人听——大多数人都不具备让才华锦衣夜行的低调，既然是个特长，总要炫一下，尤其是会说话的特长。而一个男人，有多少口才用来表达爱你，就有多少口才狡辩不爱你。

　　停留在口头上的爱情，犹如远距离的精神依赖，很容易在遇到现实的矛盾之后灰飞烟灭；而有执行力的爱情，是生活中无限靠近的相看，是细节磨合碰撞之后的体谅，也是现世琐屑的分担。

　　1973 年 5 月，杨绛先生的女儿钱瑗在牛津出生，她的父亲钱锺书欣喜地接妻女出院，回到寓所，从来没有做过任何家务的新手爸爸炖了鸡汤，剥了碧绿的嫩蚕豆瓣，煮在汤里，盛在碗里，端给妻子吃。杨绛先生在后来的回忆录里提及，钱家的人若知道他们的"大阿官"能这般伺候产妇，不知该多么惊奇。

　　真正的爱情，可不就是行动的奇迹嘛，别人眼里再不能做的事，到了她这儿，便一切都开了绿灯。

　　"锺书病中，我只求比他多活一年。照顾人，男不如女。我尽力保养自己，争求夫在先，妻在后，错了次序就糟糕了。"
　　"锺书走时，一眼未合好，我附到他耳边说：'你放心，有我呢！'媒体说我内心沉稳和强大。其实，锺书逃走了，我也想逃走，但是逃到哪里去呢？我压根儿不能逃，得留在人世间，打扫现场，尽我应尽的责任。"

我们看过了太多轻飘飘的爱情，而一个能写会说的经典才女的情谊，从来没有停留在言辞上，她既有言语的浓烈，更有行为的厚度——甚至，正是在行为的支撑下，言语才浓烈得有厚度。

真正的爱情，向来不仅是说得好听，看着浪漫，更是做得用心。

那天，我想了想，还是给那女孩发了条私信：说的人只是动了嘴，听的人却动了心。

3.

荷西问三毛："你想要一个赚多少钱的丈夫？"

三毛说："看得不顺眼的话，千万富翁也不嫁；看得中意，亿万富翁也嫁。"

荷西："说来说去，还是想嫁个有钱的。"

　　三毛看了荷西一眼："也有例外。"

　　"那，要是嫁给我呢？"荷西问道。

　　三毛叹了口气："要是你的话，只要够吃饭的钱就够了。"

　　"那，你吃得多吗？"荷西问。

　　三毛回答："不多不多，以后还可以少吃点儿。"

　　其实，传说当中"因为爱情"的结合，大概就是这样子的吧。

　　在爱人眼里，真正被爱的人，是绽放的丁香、帆船渔火、学校铃声，是山水风景、难以忘怀的谈话，是朋友、孩子的生日、消逝的声音、最心爱的衣服，是秋天和所有的季节，是回忆。

　　这一切一切的回忆，便是我们赖以生存的水土。

4.

　　时间是个有趣的过程，你永远不知道它会在何时何地以什么样的方式去改变你。

比方说，曾经不喜欢的食物、不喜欢的酒、不喜欢的书或不喜欢的人，后来有一天，却喜欢上了。

曾经觉得不好喝的酒，或许是当时还没有到好的年份，或许是那时候还不懂得它的好。

它就像你买了回来，随手翻了几页，觉得不好看搁在一边的一本书。若干年后，你无意中再拿起来看，却"惊为天人"，恨自己当时错过了这么好的一本书。

而其实，你并没有错过。

这就像两个人的相遇，没有早一步，也没有迟一步，于茫茫的天地间，于无涯的时光里，就是这一刻。只是，相遇和相爱之前，我们都要经历一个过程。

时间也是觉醒，曾经解不开的奥秘，曾经想不通的事情，曾经不懂的心，后来有一天，终于明白了。

比方说，年纪小的时候，我们向往的浪漫是拥有，拥有一个很爱自己的人，拥有一段刻骨铭心的爱情。后来，我们渴望拥有更多，除了承诺和约定，还有一起追逐的梦想。

后来的后来，我们希望所有美好的东西都能够永远拥有。然后有一天，我们幡然醒悟，舍弃一部分的自由和习惯，去置换一份安稳和陪伴。

我们每个人的爱情、亲情大多都生长在平淡至极的日常里，具体一点说，就如同龙应台所形容的那样，幸福，就是早上挥手说"再见"的人，晚上又平平常常地回来了，书包丢在同一个角落，臭球鞋塞在同一张椅子下。

其实，相看生厌不是很正常的吗？没有人会永远保持最初的热情和风度。而且，庸常的日子本来就是这副模样，你们要赚钱、养家、争吵、和好，上孝父母，下教子女。

在柴米油盐的琐事当中，真的是"短暂的总是浪漫，漫长终会不满，烧完美好青春换一个老伴"，而你总要把过程当中的这些那些都经受住了，将来才会有资格和后来人好好谈一谈人生，谈一谈你所走过的这些年。

红尘来去，阑珊繁华。人生奔流不息的长河之中，总会有那么一个人，从遥远的彼岸涉水而来。在不知不觉的一刹那，悄然淌入心扉之中。至此，刻骨铭心，岁月苦短。素年流锦，万千情长。

从此，爱不需要轰轰烈烈，只需要相濡以沫、执手到老；爱不需要穷奢华宇，只需要面朝大海、春暖花开；爱不需要山珍海味，只需要珍惜彼此、甘苦与共。

爱，本就是最简单的幸福。

所以，爱情的意义不一定是俊男配美女、王子配公主，那些真正经得起时间消磨和侵蚀的爱情，一定会让你知道，原来，当你们放下防备以后的这些那些，才是考验，才有意义。

为什么从前没有这种智慧？为什么从前不了解浪漫？
别恨自己，那时候，你还不懂得。

"

你觉得哪句话，哪件事情浪漫，

可能也只是因为说这话，做这事的人。

不过，

时间一定会筛选出最重要的，

再浪漫，再激情，终究要回归本源。

人生很多时候，

重要的不是什么都拥有，

而是你想要的恰好就在身边。

那么，晚安。

选择。。。
Choice

喜欢是愿赌，爱是服输

去见你喜欢的人，
去做你想做的事，
就把这些当成你青春里最后的任性。

但在此之前，
也请先别急着掏心掏肺。
总要先冷静下来，
观察看看对方到底是人还是鬼。

1.

不知道是从什么时候开始，"爱不将就"变成了无数单身男女挂在嘴边的豪言壮语，而"我爱你，与你无关"这句话，则成为单恋者的一句至理名言。

S君就是典型的"爱不将就"宣扬者，用他的话说："我就只有一个一辈子，可不想将就给谁。"这里的谁，就是那个追了S君四年的傻丫头——A。

S君是典型的白羊男，各方面条件都还不错，自我意识超强，在人群中属于领袖人物的那种。而A是那种平凡普通中带了点儿迷糊型的女孩儿。

看到这里，你以为我要讲一个"入江直树与相原琴子"的童话故事，No、No、No，今天的主题是——看看身边那些所谓的"将就"的爱。

傻丫头A刚认识S君的时候还是个"微胖族"，还是个爱犯迷糊的"微胖族"。

女孩说，刚来学校的时候经常会迷路，有一次去学校附近的公园玩走丢了，兜了好几圈，天都黑了还没走出去，手机也没电了，就在绝望得都快哭出来的时候，S君出现了，带她回到了学校，还送到了宿舍楼下。那一刻，她就认定S君是她的真命天子。

就是那天，S君回来得蛮晚，我们听他吐槽了一晚上。他说，回来的途中莫名其妙地遇到个路痴妹子缠着问路，眼看着就要哭了，自己就只好顺便带她回学校。谁知道她竟然连自己的宿舍楼都找不到，害得S君又给她送到了宿舍楼下，结果被累得个半死。

就这样，A开始了漫长而又艰辛的追逐，当起了现实生活中的"赵默笙"。伴随着无数的不看好，A从夏天追到了冬天，又从冬天追到了夏天……

和许多女孩儿一样，A会找各种看似巧妙的理由接近S君，想和S君多一点交集，参加社团、送水、织围巾、送各种节日礼物……我们经常看到A在我们的圈子里晃荡，就好像是我们的哥们儿。

爱情的力量是强大的，强大到让人想像不出来，这点我是真的见识过。

不知道从什么时候开始，晃荡在我们面前的那个"微胖妹"好像变了，白了一点，瘦了一点，头发长了一点，穿衣搭配的品位并不赖，也化起了舒服的淡妆，称不上是女神，但远远走过来却也能让你想多看几眼。

"不喜欢就是不喜欢，变漂亮了也不喜欢。既然不喜欢就不理，不然，多说一句都是暗示。"

S君依然就是如此冥顽不灵。

那天社团聚餐，我们被兄弟社团的几个新人灌得烂醉，S君也不例外。

谈到了 A，S君说，难道只有追的人才懂得世故冷暖，而被追的人就都是没心没肺的怪物？你们所有人都劝我，说她对我那么好，我怎么就不能爱她？

我有时觉得，这就像有人拿把刀抵着自己的脖子，一边露出无比渴望的眼神等着你来救，一边说"跟你没有关系，是我自己的选择，你不用考虑我"。你们懂这种感受吗？就算在一起也是将就，或者一时感动，以后也是会分的。

S君说这些话的时候，A正好全都听到，我们都尴尬得不说话，S君也将目光移向窗外，A转过身，出去了。

后来，A很少再出现在我们的圈子里了。偶尔在学校里碰到A我们会觉得尴尬，可A却还是像以前一样热情，好像她是我们的哥们儿。

后来，我们都毕业了，S君和A的事渐渐淡出我们的生活。

再后来，我们听说A报考S君所在城市的研究生，但是落榜了。

再后来，就没有了消息。

过了很久，S君在朋友圈晒出了一组号称是跟女朋友的合照，点开一看，那不是A嘛！她更漂亮了，更自信了，两个人笑得那叫一个幸福甜蜜。哥们儿几个赶紧在群里轰炸，S君只是一个劲儿地跟我们说起她：

"她其实挺逗挺好玩儿的，以前真的是我搞得太尴尬了。"

"她原来有这么多的爱好。"

"她比我想象得胆子要大得多。"

"她只是偶尔犯点儿小迷糊，其实很懂事，很会照顾人。"

"她有自己的事情，根本不会天天缠着我。"

……

具体怎么在一起的，S君没有跟我们讲，只知道A悄悄地来到了S君的城市，背井离乡，无亲无故，这个瘦瘦小小的女孩子默默地承受了多少，我们谁都不知道。

S君说，最开始，他只觉得她让自己很踏实、很安心，后来不知道什么时候开始，越来越喜欢她。真庆幸她当初的勇气，还有，她最终也没有放弃他。

我们总是说，要在对的时间遇上对的人，然后拥有对的爱情。

你喜欢我的时候，我正好也喜欢你。

如果世上的爱情真都那么刚刚好，那也就不需要"追求""磨合"等等一类的词汇了。

很多时候，遇见一个合适的人并不难，只是，我们想遇见的并不是人，而是其他的一些东西，有的人想要财富，有的人想要美貌，而这些其实也都无可厚非。

有人把爱情比作一场博弈，谁先认真谁就输了。可是很多时候，所谓的"将就"，不过是一开始就抱着一种"被追求"者的优越心态，去看待对方的用心和付出。

何况，这个世界越来越浮躁，我们的时间和精力都很宝贵，我们都很看得开，我们都知道"天涯何处无芳草"，我们也不必去做"在一棵歪脖子树上吊死"的傻事。

试想，如果真有那么一个人，视你如生命，能够一日胜过一日地对你好，对你的亲人和朋友周全礼貌，一直在你身边不离不弃，愿意并能一直努力朝着你所想要的被爱的方式去调整，那么，这份爱或许就值得你去"将就"——毕竟，爱情也需要给彼此机会。

有人说，再理性的女人也是感性的，再感性的男人也是理性的，尤其在面对情感甚至婚姻选择的时候。浪漫只是种情怀，但最终都会顺从于现实。

很多时候，那看似无奈的所谓将就，也许就是刚好，刚好适合。

2.

上学的时候曾有过一次对话，当时一个男生刚跟我表白，然后室友问我"你答应他了没？"

我说："没有啊"

室友说："为什么？"

我说："不喜欢他呀。"

室友说："那你讨厌他吗？"

我说："也算不上讨厌吧。"

室友说："那为什么不试试开始啊？"

我彻底震惊了："难道不是考虑喜不喜欢，喜欢的才会答应吗？"

室友说："他喜欢你的同时你又刚好喜欢他，哪有那么好的事，很多感情都是慢慢培养起来的，你给别人一次机会，有时会发现，那个你一开始就不喜欢的人，其实正是你喜欢的样子，而有些你很喜欢的人，其实并不那么适合你。"

我发现我其实找不到可以反驳室友的地方，只好用"我虽然不知道自己喜欢什么，但清楚自己不喜欢什么"之类的话来结束对话。

现在，室友已经组建了一个小家庭，老公是单眼皮、小眼睛，爱笑、善良、热情。

室友说，初见她老公时心想"他长得有一点儿丑……不过说话真的还挺幽默的，先接触看看吧。"现在的她很幸福，先生对她很好，很爱他，当然，她也爱他。

我常常在想，所谓的"宁缺毋滥"和"将就"，关于这两种爱情观哪个对哪个错，大概永远都没有答案。

就像你身边一位傲娇的女神级朋友最近恋爱了，在一次聚会上，你见到了她男友——普普通通的工薪族，戴着一副眼镜，高高瘦瘦、斯斯文文。

女神会说："什么是爱？什么是来电？我以为一开始我将就了，这些事情会很快结束，没想到，后来竟渐渐喜欢上他，他身上其实真的有很多优点。"

女神笑了："你知道，他有一百块会舍得给我九十八块，留着两块钱——如果万一我渴了，他一定会随时拿出来再给我买瓶水……"

这个世界上，哪有十全十美的爱情，所谓的"完美"，并不是你遇见的哪一个具体的人，而是你能否试着，把彼此之间的这段叫作"爱情"的关系变得舒服、完美。

所以，要想遇见一个合适的、对的人究竟有多难？对于"室友们"来说，简单，对于另外一些人来说，很难。

如果真的遇见了，有人感觉至上、宁缺毋滥，也有人愿意多给对方一点机会；有人选择大声表白，也有人选择暗自关怀。关于爱情的方式、标准、原则永远都有千千万万种，所谓"吾之砒霜，彼之蜜糖"，一个女人的青蛙，也许就是另一个女人的王子。

能检验他们适合与否的，只有时间。

3.

记得大学时代，几个闺蜜聚在一起闲聊，每每说到自己喜欢的男生类型，总是很兴奋。

有的说，喜欢高高瘦瘦的，身高必须最少一米八；

有的说，喜欢干干净净，还会打篮球的；

有的说，坚决不要戴眼镜的；

还有的说，绝不能接受比自己年纪小的。

结果，现在我们身边的那个他，竟然都不是自己当初所描述的那样。

什么择偶条件，什么理想情人，当你真的爱上一个人的时候你会发现，其实戴眼镜的也挺好，比你稍微稍微小那么一点又有什么关系呢？那些条条框框早就被丢到九霄云外了，现在的他才是唯一标准。

爱情这两个字，永远都没有一个既定的标准和固定的模样，每个人、不同时代的爱情观也都是不一样的，你所欣赏的、适合的方式，未必就适合别人。

所以，很多人都说，爱情真的像是一场赌博，赌注有大有小，赔率也有高有低，但实质上，我们都是拿出了自己的运气、时间、青春甚至一辈子在赌，赌自己的选择没有错，赌那个万一实现了的天长地久。

莉莉，上海小姑娘，我最好的闺蜜之一。曾经我们一起追过星、逃过课，现在和我一样，是一个普通的上班族，长的还算过得去吧，经历过青春懵懂的爱情，也被安排相过几次亲，但却始终没有一个人能走进她生命里。转眼之间，身边的朋友都先后结婚了，她倒也并不着急，始终抱着宁缺毋滥的心态，直到遇见了他。

小志，一个来自外地小镇的大男孩，大学毕业留在上海工作。为人低调腼腆，从来没谈过恋爱，比莉莉还小一岁，瘦瘦高高的，戴着副边框眼镜，给人的感觉是那种很阳光、很舒服的暖男。

两人在同一家公司上班，在部门轮岗的时候才渐渐熟识起来。当时，周围的人常会起哄他俩"在一起，在一起"，结果，两个人竟然真的就在一起了。

小志说："她就是我曾经对女朋友的所有设想。"

莉莉说："遇见他，是我花光了这辈子所有的好运气换来的。"

然而一个月之后，小志辞职了——为了实现他的骑行梦想。

莉莉虽然一百个不愿意、不放心，可还是让他去了，她说她不想阻止他实现梦想。

临行前，莉莉买了一大堆药品、日用品和她觉得能用得上的东西，让小志随身带着。

其实，大家都不太看好这段感情，认为他俩维持不了多久的。毕竟一个是上海姑娘，一个是可以说没钱没房，又辞了工作的外地小伙儿，怎么想也是不太会有圆满结果的。

事实上，他们的感情并没有因此减淡，从小志走的第一天开始，莉莉就每天给他写一封信，她说等他回来，要他一封封地回。

小志也随时和莉莉保持联系，到了晚上他会经常更新他的骑行日志，莉莉总是第一个评论——和从前一样。

小志骑车经过丽江的时候，莉莉请了假买好了机票飞过去找他，那是她第一次一个人出远门。

我们都以为她大概疯了。在丽江，莉莉陪小志待了四天，然后又一个人坐着大半夜的红眼航班飞回来，而小志则继续向西藏方向前进。

直到莉莉写完了第八十封信，小志回来了，比预期的时间整整晚了一个月。

在车站，小志给了莉莉一个很长的拥抱，就好像他们从未分开过一样。

后来，小志重新找好了稳定的工作，而每当聊到他，莉莉眼睛里总闪着幸福的光芒。

我们都会笑着挤兑她说："这都一年多了，你们还天天黏在一起，就不腻吗？"莉莉满脸幸福地说："怎么会，喜欢一个人不就是想天天见到他，和他在一起嘛。"

后来，我在小志的口中也得到了相同的答案。每天一张合照，已经成了他们的习惯。

小志会说："一定是我上辈子积了太多福，这辈子才有机会遇见她。"

莉莉会说："一定是我上辈子欠了他太多债，这辈子才会爱他爱得这么深。"

原来，一切都是上帝最好的安排。

4.

关于"我爱你"这句话，有多少种方式让你知道？

村上春树说，如果我爱你，而你也正巧爱我。你头发乱了的时候，我会笑笑，替你拨一拨，然后，手还留恋地在你发上多待几秒。但是，如果我爱你，而你不巧地不爱我。你头发乱了，我只会轻轻地告诉你，你头发乱了喔。

《红楼梦》里说，一僧一道告诫灵性已通凡心正炽的灵石："凡间之事，美中不足，好事多磨，乐极悲生，人非物换，到头一梦，万境归空，你还去吗？"顽石曰："我要去。"

《小王子》里说，如果你说你在下午四点来，从三点钟开始，我就开始感觉很快乐，时间越临近，我就越来越感到快乐。

顾城说，草在结它的种子，风在摇它的叶子，我们站着，不说话，就十分美好。

木心说，从前的日色变得慢，车、马、邮件都慢，一生只够爱一个人。

　　马頔说，任何为人称道的美丽，不及他第一次遇见你。

　　塞林格说，有人认为爱是性，是婚姻，是清晨六点的吻，是一堆孩子。也许真是这样的，但你知道我怎么想吗？我觉得爱是想触碰却又收回的手。

　　《挪威的森林》里说："我喜欢你。"

　　"什么程度？"

　　"像喜欢春天的熊一样。"

　　"春天的熊？什么春天的熊？"

　　"春天的原野里，你一个人正走着，对面过来一只可爱的小熊，浑身的毛活像天鹅绒，眼睛圆鼓鼓的。它对你说道：'你好，小姐，和我一块打滚玩好吗？'接着，你就和小熊抱在一起，顺着长满三叶草的山坡'咕噜咕噜'滚下去，玩了整整一天。你说，棒不棒？"

　　"太棒了！"

　　"我就是这么喜欢你。"

　　爱情和爱情不一样，她爱上他，可能是因为他有房有车，而我爱上你，也可能仅仅只是因为那天下午阳光很好，而你，恰巧穿了一件我喜欢的白衬衫。

很多时候，爱上了，就是爱上了，从此，你的眼里有春有秋，胜过我看过爱过的一切山川河流。

Say
Good Night

"

能够拴牢一个人的,
未必是爱情, 而是呵护.
享受别人的照顾, 的确是会上瘾的.

这就是为什么,
"爱你的" 总能打败 "你爱的",
因为人性的需求本质上是一样的:

我们孤单地来到这个世界上,
都是为了找到一个人, 能对自己好.

那么, 晚安.

温柔 。。。
Tender

没有软肋，也不需要铠甲

愿你的世界
能因为某个人的出现而丰盈，
愿你的生活如同贺卡上
烫金的祝词般闪亮，
愿这悠长的岁月温柔安好，
有回忆煮酒。

愿你没有软肋，
也不需要铠甲，
愿我们都能和最爱的人一起，
浪费人生。

1.

你曾遇到过这样的人吧？对方不过就是一个电话没接，就要被质疑半天：

你去哪儿了？

和谁在一起？

你为什么不接电话？

你是不是有事情瞒着我？

你是不是不够爱我？

一大通劈头盖脸的质疑砸下来，搞得人连好好解释的心情都没了，一股酸楚、委屈袭上心头，涌到嘴边的话最终只变成一句：随你吧。

这一句话更是不得了，对方的火药库被瞬间引爆……

这种"神经分分"的表现，均可视为把爱情当空气，一旦没有了就无法呼吸的类型。在他们的生命中，爱情就是全部，你就是爱情，所以，你就是全部。你的一举一动都会影响到他们的心情。影响到他们心情的结果，就是把你当作情绪宣泄的对象。最终，让本该愉悦的情感，变成了彼此的压力，直至崩塌。

相比之下，这位姑娘倒像是另一个比较极端的例子。

如果没什么事儿，她基本上从来都不会频繁地主动给她男朋友发短信、打电话，有人忍不住问她究竟是怎么想的，她一笑，说："他如果不忙，就会和我联系。他如果正在忙，我打扰他干什么？他如果不忙也不和我联系，那你说，我还联系他干什么呢？"

和前一种相比，这样的做法显得颇为另类，但却是我所听过的最淡定的回答。

太多时候，我们忘记了怎样去疼爱一个人，以为满足对方想要的就是爱，以为倾尽所有的才算是真心。其实，那些被打动、被温暖的，却是看不见的陪伴和至多的理解与包容。

其实，舒服的爱情大都是相处时就好好享受爱，分开时就专心做自己的事，不会因为一次电话不接就大动肝火。总要给双方都留出来一点空间，要不然，该怎么更加思念呢？

好姑娘，爱情永远不是人生的全部，你有自己要打拼的事业，你要变得更好、更美、更成熟，要做到这些，哪还有时间疑神疑鬼、寸步不离？

2.

在什么时刻，你开始觉得身边特别需要一个男人？

"大学开学，提着行李回学校，重得几乎提不动，却没人帮一把的时候。"

这是A小姐的答案。

她记得有一次开学，下火车时早已是天黑，风雨交加的，她提着硕大的行李箱，一步一挪费劲地往前走。一个青年人从后边走过来，非常友善地说"还是我帮你一把吧"，然后面带微笑地接过她的箱子。本来她还正打算和他说谢谢，可他开始健步如飞地前行，然后变成快跑，然后就上了另一个人的车，再变成一个小黑点，只剩下了风中凌乱的她——箱子就这么没了。

她一路哭着回了学校。

毕业之后，A小姐已经在深圳上班，她有了一个男朋友，工作是在广州。理工男，平时不太修边幅，说话有些粗鲁，经常两三天都不洗脸，有点像个野蛮人，更别提浪漫不浪漫了。

A小姐无意间跟他讲过自己曾经行李箱被抢、一路哭回学校的故事，男友当时正拿着一个苹果，洗都没洗就狂啃，一边吃一边跟她下令："以后你出门，不管多晚，哪怕是半夜，都给我打电话，我接送你去机场，不要一个人提着行李在街上瞎晃，还真当自己是大力水手了……"

男友确实做到了，每次A小姐出差从外地回来，男友都从广州开车到深圳机场来接她，送她回住处之后，自己再回广州。A小姐觉得有点太折腾了，说自己打车就行了，别这么麻烦，男友反呛她：你这是什么价值观？找男友不就是为了麻烦他的吗？难道你还想去麻烦别的男人啊？

A小姐乖乖地闭嘴就是了。

去年年初，男友被调到上海分公司，当时他本来想辞职来深圳算了，但公司开的薪水实在诱人。他跟A小姐盘算说，他现在手头有了些存款，去上海工作两年，攒够了首付他就过来深圳，两人买房结婚。

A小姐考虑了一下，结果当然是同意了——跟钱过不去，他们是傻了吗？

A小姐住在龙岗，每天搭公车到福田上班，不知道是因为人太挤，还是因为她长得太柔弱可爱，连续几次都遇到公车色狼想接近她，她拿皮包挡打对方，对方还特凶悍。这事她不敢告诉男友。

于是，她磕磕绊绊考了个驾照，买了辆车。开车第一天，她特别小心，因为加班到23点，天色已经很黑了，一路无事。好不容易开到小区的地下车库，结果因为车库地形太复杂，还是一头就撞上了墙壁，车前面撞得稀巴烂，还把自己的头给磕了，恍惚了几分钟才清醒过来。

这次她真的吓坏了，大半夜的，车库一个人都没有，她也不知道该找谁来帮忙。情急之下打电话给男友时，声音都在哆嗦。

这个平常她总觉得有些粗鲁的男友，当时说话却特别温柔，让她别着急。然后，他打电话叫自己在深圳的哥们儿，就住在 A 小姐家附近，赶紧送 A 小姐去医院检查。还好，没有大碍。

那一夜男友根本都没睡，在电话那头一直关注 A 小姐的情况，直到 A 小姐睡着。第二天上午他就从上海回了深圳，搭的是最早一班飞机。胡子拉碴的，头发乱蓬蓬的，连行李都没来得及带。

男友说："算了，哥们儿我还是辞职来深圳找工作吧，去他的什么年薪。万一你要是出点儿什么事，我还买哪门子房，结哪门子婚啊。"

我们大概都会遇到这样一类女孩，她们打心眼儿里对爱情有一种很美好的信仰，她喜欢你，她愿意和你在一起，就真的是奔着一辈子去的那一种，相比于很多体贴和浪漫，她们更在乎的，其实是对方有没有一份同样坚定且珍惜的心。

其实有时候，爱情成立的原因很简单，他若爱你，在你最需要的时候，他一定会陪在你身边。而所谓真正完美的爱情，其实也只是陪伴的时间足够久，直到最后，不离开。

3.

在爱情唯美的国度里，总会有一个主角一个配角，累的永远是主角，伤的永远是配角。如果一个人真的充满了爱，那么他的爱不仅能够滋润自己，也更应该能够滋养别人。

爱情是需要回馈的，你说爱他，他又传回来，这才是真正的爱情。把爱情交给懂得珍惜你的人吧，只有这样，人生才不会充满荒谬。爱你而不用抓住你，欣赏你而不须批判你，和你一起参与而不强求你，帮助你而没有半点看低你，那么，你们的相处就是真诚的。

在这个世界上，真的存在一种爱情，没有撕心裂肺的疼，没有你来我往布满荆棘的试探，更没有"你若分手，我便殉情"的惨烈。这种爱，让你感觉安心、踏实、不纠结，它不会让你患得患失，或者妄自菲薄。

这样一份好爱情，就像一锅好汤，是养人的，给予你从身到心的体贴和照顾，让你越来越自信，气质越来越美好，如岁月酝酿的美酒。你的腰身越来越丰润，笑纹也在悄悄地加深，但别人就是觉得你越来越美丽，周身散发着令人愉悦的正能量。

任何一份让你觉得不安，有被裹挟的窒息感的爱情，大都不是一份健康、良好的爱情。那些被爱所重伤的痛，值得铭记，却未必值得坚守。

判断一份爱情的好坏很简单。你的嘴角是不是经常流露出如春风拂面的笑容？你能否愉快地接受一个非常真实的自己？不论走到哪里，你是不是都知道自己的心在何处？

如果答案都是肯定的，那么，这就是一份真正的好爱情的模样。

Say
Good Night

"

倘若翻山越岭，你就是最美的风景；
倘若沉入海底，你就是最美的珊瑚。
别怕万水千山阻隔，
往前走，就是千水百山。

你从阳光里来，我到雨里去，
我相信往前走会遇见令我一生欢喜的你，
有生年月，
不会辜负我们拿生命去兑换的爱。

那么，晚安。

付出。。。

Giving

动心以后，付出即是偿还

别让时间化为荒芜之地，
在属于你的画面里，
种植花草，摆放藤椅，开辟车道。

影子浮动雨后的街道，
抬手触碰绿色，
远山拉起皱纹。
无论哪个站台，
位置都是刚刚好。

世上没有什么能永垂不朽，
但我想尽量伴你不走。

1.

他是我的小学同学，他的故事说起来，简单而且狗血。

刚上大学时，多年不曾联系的这位小学同学联系到了我。在简单寒暄几句，了解了近况之后，他向我坦言，多年以来，一直对我们小学班上一个模样颇为小巧的女生念念不忘。他知道，那个女生后来和我读的是同一所高中，所以希望通过我，打听到她的联系方式。

听到他的话，我颇为震惊。

自小学毕业，他们俩便不在同一个学校，谁会想到，他居然到今天都还念念不忘。我一想，也好，假如你需要的话，那我就不妨试一试。

后来，我竟然真的向一个相熟的同学打听到女孩的手机号，同时嘱咐他循序渐进，不要直奔主题。然而多年积累的感情一下子爆发，大概是注定无法抑制的。几天之后他便跟女生表白，然后又意料之中地被拒绝。

他发来短信告诉我自己被拒绝的消息，然后便默然不语。

我看着手机屏幕，在心中暗想：假如这能了却你一桩心事的话，便值得你今日的悲伤。

你看，这故事像极了被人吐槽的偶像剧吧？男生自小喜欢一个女生，直到长大以后也念念不忘，辗转找到女生之后终于鼓起勇气表白，却被拒绝了。

而事实上，男生真的是喜欢这个女生吗？倒也未必。

他们自小学毕业之后便很少接触，初中三年，高中三年，整整六年之中，变了的不仅仅是我们的身形和容颜，更是我们内心里那个真正的自己。顾曼桢的那句"我们回不去了"，难道不是我们的人生写照？

所以，那个男生心里所喜欢的，或者只是当年那个女生所留给他的印象，甚至于他可能只是被自己这种多年如一日，暗暗喜欢一个人的坚定所感动，喜欢那个了不起的自己。

其实这样的人又岂止是他一个呢？

就像大学毕业时候的你我他，自己身边有一个女朋友，她喜欢你最厌烦的"没营养"的娱乐节目和韩剧，她也对你喜欢摄影和旅行嗤之以鼻；她喜欢大城市的热闹与繁华，你却一心想要回到安静的小城市去过简单的生活；她在意别人的眼光，而你最不喜欢的就是比较。

难道，当时的你不知道她不是那个适合你的女生吗？你当然知道，但是当时的你认为你爱她，你能够做一个出色的男朋友，所以，你容忍她的一切，你陪她一起看综艺节目。因为她不喜欢、不理解，你放弃摄影和多年梦想的川藏线之旅。

直到有一天猛然醒悟：我做这些，到底是为了感动她还是为了感动自己？

于是分手，永远不再联系。

现在你有了新女友，她同样喜欢看韩剧，但是却从不会逼你跟她一起看；

她同样会发小脾气，但是却从来不会说太过分的话；

在她面前，开心的时候你可以放声大笑，失落的时候你可以一言不发；

你同样宠着她，在她发脾气的时候哄着她，但是，当对她有所不满的时候，你也可以放心地提出来。

你终于知道，这才是健康的、有营养的爱情。

有人说，动心之后，付出即是偿还。

爱一个人，当然意味着付出，意味着给予。但是，这些付出究竟是为了感动对方，还是为了感动自己？假如你的付出仅仅是为了感动自己，那么我想，那便是世界上最坏的爱情。

因为一旦你试着感动自己，那么你就必然付出十二分的努力来压榨自己，投入120％的精力，来做许多煽情而辛苦的事，这样一来，不仅你自己会觉得累，你的热情留给对方的也只有压力，让对方迫不及待地想要逃离。

所以，年轻的时候，我们认为，所谓爱一个人，就是无怨无悔地付出。可到后来，我们才明白，倘若真的做到这一点，才是对这段关系最大的伤害。

爱，是相互的，更是相互滋养的过程。只有相互滋养的爱，才能持久。

愿这世上所有人的爱情，都能给自己带来快乐，同时感动对方，因为只有让自己体会到快乐的爱情，才是完满的爱情。

2.

王尔德曾经写过一篇童话，名字叫《夜莺与玫瑰》。

姑娘答应了青年，如果能送她一些红玫瑰就和他跳舞。然而，青年寻遍整个花园，却找不到一朵红玫瑰。夜莺见青年为此烦恼，飞到荆棘枝头，唱着歌，将荆棘刺入胸膛，然后用自己的鲜血染出了一朵鲜红的玫瑰。

青年拿着红玫瑰去找姑娘，可她却已经成了伯爵的舞伴。于是，青年他碾碎玫瑰，愤懑离开。

王尔德说，在这个故事里，只有夜莺懂得爱，不问代价，只求爱人展眉。

所以，如果你要问，爱一个人是什么感觉，大概就是"唱着歌，将荆棘刺入胸膛"。

如果上面的解释让你觉得有些太过惨烈、太过悲壮，好吧，那就换一种更加切近的说法：

爱一个人的感觉，大概就是，跟你讲了一句话等你的回复就等于是一场赌局，而赌注是一整天的心情；

爱一个人的感觉，就是遇到她以后，再也不想和别人在一起了。我攒了好多年的温柔和浪漫，想要快点都给你。

不过，爱情不是迎合，如果一段感情需要你耗尽心力地去拼命维护，最初你的确能甘之如饴，但迟早还是会累的，会被磨去耐性的。

现实的爱情，更多的往往就是"刚刚好"——脾气刚好互补，身高比例刚刚好，彼此的棱角和忍让的底线刚好能够保持一种大致的平衡。

也就是说，你们会吵架，也会斗嘴，心里却依然明白谁也不会真的要走，明白你们最后一定会道了歉以后再和好。

还有，最重要的是，你们真的会把彼此放在心里，没有谁是单方面的对谁好，你们都是长情的、幸福的人。

在这个世界上，不是每个人都值得爱，更不是每个你爱上的人都值得嫁，值得付出。

一生里遇到许多人，有些适合谈浪漫的恋爱，有些却可以相伴一生。区别很简单，适合恋爱的会让你开心，适合结婚的会让你放心。

其实，爱情里的分分合合、缘聚缘散，都是再正常不过的事情而已，当你真的谈过一场刻骨铭心的恋爱，你就会知道，有些歌词写得有多好。

当你谈过一场刻骨铭心的恋爱，你就会知道，其实，有些人能够错过，大概就已经是两个人之间最大的缘分了吧。

在爱情这个话题面前，不管你是暗恋、失恋还是单恋，很多人都说，那些表面上看起来很洒脱的人，心里都曾有一个角落，碎得很彻底，裂得很绝望。可问题是，除了扛住、撑住，你又能如何？

一哭二闹三上吊，谁要看？

不吃不喝不说话，管用吗？

撒泼打滚摔东西，然后呢？

有时候，你需要的不是执着，而是回眸一笑的洒脱。因为开心是一阵子，放心才是一辈子。

3.

大千世界里，许多浪漫之情产生了，又消失了。可是，其中有一些幸运地活了下来，成熟了，变成了无比踏实的亲情。

好的婚姻使爱情走向成熟，而成熟的爱情是更有分量的。当我们把一个异性唤作恋人时，是我们的情感在呼唤，当我们把一个异性唤作亲人时，却是我们的全部人生经历在呼唤。

年少的时候，我们迫不及待地将自己的满腔爱意表达出来，而结果往往是陷入一场"表演"之中而不自知。所以，两个人的记忆后来才会出现偏差，那些你觉得刻骨铭心的过去，对方恰恰没有同样的感受，甚至茫然不知。

年少的时候，喜欢一个人就恨不能像烟火一样，释放和燃烧自己所有的情感，恨不能把对方变成自己身体的一部分。然而事实上，谁也无法承担起另一个人全部的价值寄托。

这就好比大热天里，你穿越了大半个地球带着一件厚实的棉衣送过来，然后霸道地给对方穿上一样，对你而言，你付出了很多辛苦和用心，但你却忽略了其实对方根本不需要啊，你们根本就不在同样的半球，同样的季节。

在你的记忆中，你漂洋过海翻山越岭地去送温暖，这份心意可鉴日月。但是在对方的记忆里，大概只是曾经有那样一个人，千里迢迢地赶来添堵而已。

两个人的才是爱情，一个人的叫单恋，三个人是纠葛。双方都付出才有收获，单凭一个人颗粒无收。爱，不是一方为另一方无休止地付出以换取回报，而是你丰富了我的生命，我也丰富了你的生命，我们相遇之前是两个人。相遇之后，不是变成一个，而是一个伴。

世界上最心痛的感觉，不是失恋。而是把心交出来的时候，却遭到玩笑。那瞬间，付出的温暖都成为讽刺自己的冷漠。

当然，我们都有矫情的时候，但是成长的标志就是懂得克制自己，克制自己的表演欲，克制自己的情绪，甚至是克制自己的喜欢。

人的心大概是世上最矛盾的东西，它有时很野，想到处飞，但它最平凡、最深邃的需要，却是一个栖息地，那就是另一颗心。倘若你终于找到了这样的另一颗心，当知珍惜，切勿伤害。

别去消费一个人的耐心和信任，他信任你的时候，无论你怎么样他都无所谓，你作、你闹、你伤了他的心，他都可以给你机会，给他自己时间，但是一旦过了他心里的底线，无论他再怎么爱你，无论他有多么离不开你，哪怕他再想跟你一辈子在一起，都没用了，结局只有一个——彻彻底底地分开，他都不会给你后悔的时间的。

年轻人结伴走向生活，更多的是志同道合，老年时结伴而行，才真正是相依为命。

"

被鱼刺卡过喉咙，你却还是喜欢吃鱼；
被小狗咬过被小猫抓过，
你却还是喜爱小动物；

牙齿不好，你却还是嗜甜如命；
他拒你于千里之外，
你却还是愿意为了见他跨过千山万水。

道理都是相同的——你喜欢，就甘愿。
动心以后，付出即是偿还。

那么，晚安。

二十多岁的我们，

像刚刚长大、亟待独自捕食生存的小动物一样，

向天空亮出弱点和牙齿，抖一抖皮毛。

我们必须一个人出发面对广袤的世界，

做没做过的事，去没去过的地方，

爱没爱过的人。

◆

声色犬马，各安天涯

这个世界上的爱情，分分离离的遗憾，总是比牵了手就是一生的故事要多。人，总要慢慢去习惯，习惯生命当中所有的相遇与别离。

错过 。。。
Miss

原谅我盛装出席，
只为错过你

人生有些事情，
一旦过眼，便是云烟。

当你猜到谜底，
才发现，
一切都已过去，
岁月早已换了谜题。

不要等到失去以后才悔不当初，
你的一生，
也许就只有那么一个人，
肯真正用心在你身上。

1.

以前年轻，不太懂事，他和女朋友经常因为一些不太重要的小事吵架，几乎每一次都是她赌气出走，但没多久就还是会回来。而渐渐地，他心里就越来越厌烦她这一点。

后来两人分手，不在一起了，再遇到，彼此心境早已经淡然。提到了她当年如何如何任性，她说：

"我们吵到那个地步，脑子都已经不太清醒了，再接着吵，难免谁会说出一些伤人的重话，收不回来。但只要有一个人能稍微理智一点，克制一点，先闭了嘴走开也就行了。我之所以总是要出走，其实只是害怕你走了就不再回来，而我知道，我走了一定会回来。所以，并不是我任性，是某人蠢啊……"

可惜，后来还是没能在一起。

"是我蠢。"他不由暗骂自己一句。

人生总有那样一些时候，多一点忍耐，就会少几次后悔；

少几次翻脸，就多几个台阶；多几次听不见，就少几次庸人自扰；少撂几句狠话，就多一些回旋余地。

可是，我们当时都还很固执，我没有挽留，你没有回头。

当有一天，当你真的成了过来人，你会不会这样劝说别人：不要轻易放弃一个肯真正对你好的人，因为这样的人，一辈子也不会遇到几个。即便在一起要吃很多苦头，咬一咬牙再坚持那么一点点，大概也就过去了。

生活的苦，会随光阴淡去，但失去挚爱的疼痛，时间也无法抚平。多年后仍能让你心痛的，是当年轻易放弃的真爱。

2.

一大清早，两人在家里大吵了一架，女生含着眼泪，拿着装着他们合影的相框喊："不要过了，是吗？"

男生冷冷地说："不敢砸是吧，好，那我帮你砸。"

说完，他一把拿过相框，瞬间在地上砸了个七零八落说：

.

"偷偷翻看我手机，你到底发现什么了，发现什么了？"

他越说越生气，又从床头柜抄起来一张明信片，一撕两半说："对，不过就不过，不过了！"

最后，女生哭得讲不出话，男生赌气摔门而出。

男生一整天上班都没心情，下了班跟哥们儿去喝酒诉苦，说自己心里忽然有些后悔，觉得好像找错了人，觉得委屈，觉得对方怎么会这么不相信他。

哥们儿跟他干杯，说："其实这也不是多大的事儿，没必要大吵，回去好好聊聊，也就没事儿了。"

等到情绪发泄得差不多了，男生突然间觉得心疼起来，因为其实他脑子里一直都在闪回着一个画面，那个女孩曾经趴在沙发上，手里托着一张明信片，一脸幸福，她说："这是你送给我的第一样东西，是我最喜欢的礼物，我每天都看。"

他小跑着赶回家，就假装好像什么事都没发生，推开门，就跟平常一样说："我回来了。"

可是，从那天开始，这间屋子里就再也听不到她的回答："哎呀，先换鞋！"

吵着嚷着说要离开的人，总是会在最后红着眼睛弯着腰，把一地的玻璃碎片收拾好。而真正准备离开的人，只会挑一个风和日丽的下午，随意裹上一件外套出门，便再也不会回来。

很多事情就是这样，一旦她是真的走了，他才知道他多么爱她。那些年轻的岁月，那些微笑和痛苦，原来，竟是他一生中最美好的时光，任谁也无法替代。

所以，两个人在一起就应该好好珍惜对方，不要等到你想珍惜的时候，那个人却因为积攒了太多的失望而离开。

千万不要轻易错过一个愿意爱你爱到她骨子里的人，因为在每个人的生命里，这样的人，可能都只有一个，而这个人，大概也只可能这样去爱一次。

3.

这是一个真实发生的故事，而主角却可以是我们任何一个人。

她有一次去意大利旅行，线路是先从上海浦东机场飞香港机场，再由香港转机飞罗马。由于时间尚早，她就在上海机场的免税商店开始漫无目的地闲逛，而且还给自己下了道死命令——只看不买，因为香港机场和新加坡机场的东西大都要比上海机场便宜一些。

经过化妆品的柜台时，她顺手试了一支口红。原本真的就只是想让自己的气色看起来好一点，可是当她后来逛到有一点百无聊赖时无意间一抬头，看到了镜子里的自己，唇色竟然让她自己都颇为惊艳，那是一种极为优雅而沉稳的自然红。

上海机场有两个免税化妆品店，她曾经试过口红的地方距离她较远，为了确认口红的货号，她直奔较近的那个去了。可是转了一圈，相近的色号也基本上全都试过了，竟然都不是自己最想要的那一支，试到最后还把原来的底色都给破坏掉了。她看看表离登机还有一段时间，就决定还是抓紧时间飞奔回远处的柜台。

到了原来的那个柜台，她抹上心心念念的那个颜色——嗯，果然还是极为喜欢。确认了货号和价格，想着一到香港就买。

看起来，女孩似乎精打细算得有一些抠门，其实这倒并不是她惯常的作风，她也只是刚巧一阵心血来潮而已，想着反正也能买到，省下一点也未尝不好。

不成想，到了香港，因为飞机晚点，本来算是充裕的转机时间竟然变得很紧迫，她还来不及进免税店就直接上了飞机去了意大利。

在意大利，她一直耿耿于怀，就是因为每次在洗漱化妆的时候都会特别惦念那支让她心仪的口红，她甚至等不及回程的时候再到机场免税店去买，在国外期间，她每到一处商场都会特别留意一下化妆品专柜，非要把它给搞到手不可。但结果却总是失望，就是没有一家店里有这个色号的口红。

回程再到香港转机，她马不停蹄地冲进了免税店，也没有。终于到了上海机场，她发现 Departure 和 A rrival 不互通，还是没办法买。后来，女孩又在网上流连了大半个月，结果依然是三个字——淘不到。

上天总会以一种奇怪的方式让人感悟：适合你的，你一念之差放了手，就不会再有了。

　　女孩唯一欣喜和庆幸的就是：还好，错过的就只是一支口红，如果是喜欢上的人呢……

　　我们总把来不及的事留给下一年，把来不及付出的感情留给下一任，把来不及说的话留给下一次。很多的"来不及"，不是没做好准备，而是没下定决心。

·4·

　　大二那年，跟室友一起逛商场，路过某家服装店时，橱窗里有一条裙子深深吸引了我，我走进店里试穿了它。

　　大小合适，裁剪得体，颜色也很衬我的皮肤，我决定要买下它，我觉得，它挂在橱窗里的意义就是在等着跟我回家。可我扭身看一眼吊牌，价格不菲，是我半个多月的生活费，我站在试衣镜前犹豫着买还是不买，室友在旁边小声劝阻我"算了，走吧，太贵了。"

　　犹豫再三，我最终没有买下它。脱下来还给导购时，她说"穿着挺好看啊，为什么不买呢？"我支支吾吾地说"嗯，不太喜欢，我再逛逛"，我的自尊心让我无法告诉她"喜欢，但是买不起。"

这次之后，那条裙子成了我心心念念的宝贝，路过那家店时总忍不住看一看，直到某天它不在了，不知道被哪个幸福的姑娘穿在了身上。

渐渐成长，因为还算勤快，我的经济状况有了一些改善，喜欢的东西基本都支付得起，这几年，我逛过很多商场，买过很多裙子，可没有任何一条比它合意。

如果让我再回到当年那个橱窗前，我一定要买下那条裙子，哪怕省吃俭用，哪怕熬夜写稿，因为跟遗憾相比啊，辛苦一点儿真的算不了什么。

我妈在二十出头的年纪嫁给了我爸，那时候双方经济都不怎么宽裕。

我妈结婚的时候没有穿婚纱，因为在当时，婚纱的租金不菲，租一天婚纱的钱足够买一件很体面的外套，勤俭节约的我妈最终决定不穿婚纱了，结婚那天，她穿的是一件大红色的呢子外套。

后来啊，那件过于喜庆鲜艳的呢子外套，因为太正式太夸张，穿的机会很少，几乎完全闲置在衣柜里，倒是那件没能穿上的婚纱，在我妈心中种下了一棵名叫"遗憾"的树，树的年轮伴随着我妈的年纪一起增长。

这些年里她时常感慨，如果当时狠心一把，租件婚纱穿穿就好了，在最年轻的时候得穿一次最美的衣服，女人这一辈子啊，还是要些仪式感的。

为了弥补我妈的遗憾，去年爸妈的结婚纪念日时，我怂恿他们去拍一套婚纱照，她并不想去，说一把年纪，人发胖了也变丑了，穿婚纱不好看，不想拍了。妈说"四十多岁时，去穿二十岁想穿的衣服，已经没有了意义，你还年轻，你不懂。"

我懂，我太懂了。

大二爱上的那条裙子，即便大四的时候在某个橱窗里再次遇见，我也不能保证，我还有想带它回家的冲动。

意义是有时效性的，那条裙子在大二的那个夏天对我产生了意义，就像那件婚纱在二十岁的爆竹声里对我妈产生了意义。

我能理解妈妈的遗憾，但也许不够感同身受，毕竟，我和那条橱窗里的裙子只隔了两年，而我妈离她的婚纱隔了足足有二十多年。

有时想想，觉得上帝真的好顽皮啊，偏偏要让人在穿衣服最好看、开车最帅、环游世界最有体力的时候又刚好最穷。

年轻的时候，我们总是想着要省一点儿、要把钱攒着以后花，等有钱了再好好弥补自己。可是我们好像忘了，二十岁的钱到了四十岁依旧只是钱，但二十岁时最年轻美好的我们，到了四十岁却成了另外一副模样。

不要到了四十岁才穿上二十岁时想穿的裙子，宁愿奋斗得辛苦一些，也不要给自己留下一堆遗憾，因为遗憾太多的人，无法活在当下。

5.

爱情到底是什么？

厨师说：

爱情是一颗洋葱头，你一片一片剥下去，总有一片会让你流下眼泪的。

气象学家说：

爱情不怕黑暗，公园里越黑暗的角落，恋人们越往那儿钻；

爱情不怕热，气温即便40℃，恋人们还要往一块儿贴；

爱情不怕冷，在冰天雪地里恋人们照样户外约会。

历史学家说：

原始社会里的爱情以生育为图腾，"你为我生"；

中世纪的爱情框架是骑士救美人，"我为你死"；

封建社会的爱情模式是才子多情，红颜薄命，"我们一块儿去死"；

现代爱情的标签是"只要我爱，不管你有多少缺点，不管你结没结过婚"。

医生说：

血压高者不宜，爱情会使血压增高；

恐高症者不宜，爱情会使人晕眩。

爱情是感冒，被爱情病毒感染的人，既瞒不了自己，也瞒不了别人，因为他抑制不住自己的喷嚏、眼泪和鼻涕。

考古学家说：

爱情如水，覆水难收；

爱情如瓷器，碎了就难复原；

爱情如出土文物，既古老又新鲜。

文字学家说：

我劝朋友们在写情书的时候，宁可费点儿事，将"爱"字写成"愛"，那里面有"心"。

爱情不能没有心，简化字不知为什么把"心"给简掉了，不过幸亏还有一个"友"。

人和人的感情，有时候好像毛衣，织的时候一针一线，小心谨慎，拆的时候只要轻轻一拉，也许只是一句玩笑话，也许是无意间的一个小误会，所有的情感就再也不见。

都说有情人会终成眷属，但世上总有一些人，经过千辛万苦还是会错过彼此。能错过的往往不是内心最想要的，放不下的往往都是内心舍不得的。所以，后悔并非是人本意，而是人想要更多。没有人不渴望拥有，但很少人不怕失去。以为能够抓住一切，却发现什么都没有。于是，知足不代表不思进取，却是对拥有的一切格外珍惜。

其实，爱情就是一场战争，一场男女双方都不能获胜的特殊战争。实实在在的爱情或许很简单，它只要你在真正相爱时，存下点感动，在冷战时，懂一些感恩。

爱情的下一站，即是婚姻。

曾经看到过一个话题：你为什么想要结婚？其中一个回答就是：一个人的力量很弱，我们需要找到另一个人来共同对抗生活。

生活，它不是你坐在高级餐厅里喝香槟，不是你东京、巴黎到处逛，生活的真相是你家门口的电梯会坏，是楼上的水管会漏水，是你出门忘带钥匙手机还没电了，是数不完的鸡毛蒜皮的琐事。

生活的真相是项目难做、客户难搞、方案谈不拢，是爸妈的体检结果不太乐观，是房价在不断地涨涨涨，在这些艰难的时刻如何并肩奋斗，共同对抗生活，这才是婚姻的真相，才是生活。

从孤身一人到谈情说爱再到婚姻，所有人这一路都是奔着"幸福"两个字去的，可是后来呢?

钱锺书先生曾经说过的一句话想必你早已听过："围墙里的人想出去，墙外的人想进来。"

可后来如何了钱先生还是没说。不过我觉得萧伯纳有一句话似乎回答过了，不过就是有点儿毒舌："想结婚的就去结婚，想单身的就维持单身，反正到最后，你们都要后悔的。"

"

我们每个人都是形状不规则的圆，
在茫茫人海中寻找和自己性格相配相通的人。
为了爱，
我们愿意去磨平自己多出的那个角，
避免在拥抱时刺痛对方；
为了爱，
我们学习尊重、表达、直接、积极；
为了爱，
我们试着妥协、包容、把握、信任；
为了爱，
我们做到珍惜、倾听、分享、牺牲。

那么，晚安。

运气
Luck

这世上不会有人，
能花光你所有的好运气

人的一辈子精力有限，
拼尽全力的爱，
可能只有那么一次。

所以，
在最合适的时间里，
去爱一个我最想爱的人，
终究需要太好的运气。

在这之前遇到的人，
就像是我们小时候看到的
商店橱窗里的漂亮娃娃，
难道，喜欢的就都要搬回家吗？

1.

谁都曾经想过和某个人就这么过一辈子，可也许，还好没有一辈子。

男生不算是花花公子，可人长得很帅，还很会讲话，确实很讨女生喜欢，后来又有了一份很好的工作。工作的第一年，他就带回来一个女朋友给家里看。

家里人很惊讶，因为总觉得像他这样子比较讨女生喜欢，但却对感情不太会轻易认真的人，怎么会这么快就领女孩子回来。

更加让人没想到的是，这段从一开始就并不太被看好的感情竟然持续了五年。在这期间，两个人多多少少有过一些波折，可是最终，男生还是回到了这个女朋友身边。

五年了，女孩终于熬到连男朋友的家里人都快看不下去了，催着他结婚的时候，终于，这么多年的委屈都结束了，这个男人永远属于她的时候，他们分手了。

得到这个消息的时候，男生的朋友正在香港帮他们买戒指，然后就接到他的电话，只说："别买了，不结了。"原因是女孩犹豫了，说累了，想分开。

她和男生说：五年了，我曾经那么想让你和我结婚你不愿意，有时候，我做梦甚至都梦到了有一天我在你向我求婚的时候，是我说不愿意。

真够狠心啊。

可是，别人从男生那里听到的，还是曾经他们在一起时的一些很美好的事。他说，刚认识的时候他觉得这女孩没那么好，于是就给婉拒了。

可没想到，这姑娘竟然直接就打电话来说："我哪儿不好啊？你凭什么看不上我？"男生说的时候还笑了说："当时我就在想，这个女孩儿可真勇敢、真可爱。"

假如男生真的和这女孩结了婚，婚后女孩子依然还是耿耿于怀，忘不掉曾经谈恋爱的五年她所忍受的辛苦，于是，在今后的生活吵架中无数次提起，吵到厌倦。

最终，男生也会觉得生活如此疲倦，他会忘记这个女孩子曾经多么勇敢地直接打电话质问他，还有，那时的他曾觉得，这个女孩儿真可爱。

米兰·昆德拉说，世界上所有的不朽，都是和死亡相联系的。

所以，谢谢那些最后没得到的，才保住了生命中关于爱情的最后一点美好吧。

人生或多或少总会经历一些情感的波折。蓦然回首，那些在生命中涌动过的人，在心灵深处被爱踏足过的芳草地，是否还保留着珍贵的情感，借以回味逝去的时光？

只是，终究还是错过了。

爱情的世界很大，大到可以装下一百种委屈；爱情的世界也很小，小到三个人一挤就会窒息。

一个人身边的位置只有那么多，你能给的也只有这么多。在这个狭小的圈子里，有些人要进来，就有一些人不得不离开。

不是每个人，在你后悔以后都还能站在原地等你；不是每个人，都能在被伤害过后可以选择释然忘记，既往不咎，绝口不提。

也许到那个时候，重归于好就变成了最大的奢求，即使重圆的破镜，映照出的也不过是伤过后变成残渣的爱情。只怕在明白了最想要珍惜的人是谁，最大的幸福谁能给的时候，却再也找不到散落人海的那个人。

你所做过最勇敢的事情，或许不是义无反顾地爱过谁，而是云淡风轻地真正放下，不打扰。

至于未来，谁也不知道你会不会遇见更好的人，但再听到情歌，你不会对号入座；提起他的名字，你的内心再也不会翻江倒海。

他就像是上个学期的一门课，考过了，也就结束了；他也像火车上遇到的一个人，你们一路相谈甚欢，下车的时候，各自珍重，不必再去追随。

他终于成为床下的灰尘，墙角的蛛网，你知道，你们永远不会再见面，但再也不觉得遗憾。

2.

有一位很知名的歌手，极不爱浪漫的他，却曾经做过一件很煽情的事。

有一次，他提前一年开始预售了自己演唱会的门票，并且预售形式新颖而有趣，仅限以情侣形式购买，一人的票价可以获得两个席位。

但是，这套情侣票被分为男生券和女生券，恋人双方各自保存属于自己的那一张，一年后的演唱会，两张券要合在一起才能奏效。

当然，门票卖得很快，也许，这是恋爱双方证明自己爱情的一种方式吧——我们可是要在一起一辈子呢，一年，算什么？

到了第二年，演唱会上专设的情侣席位区里却空余了不少位子。面对着那一个个尴尬的空板凳，那位歌手的脸上始终略带着无奈的歉意和遗憾，唱完了最后一首歌。

试想那每一个空余的座位上，应该都有着一些不为人知的故事吧。去年我们曾牵手走过很多地方，在车站拥抱，一起看电影，往彼此的嘴巴里塞零食和饮料，一起幻想着明年的这个时候，甚至是很多很多年以后，我们在干吗，要干吗。

只是，感情的事我们谁也猜想不到，这一秒幸福，下一秒就可以崩溃，而且，越是长久的恋情，崩盘起来往往就越是措手不及。

多少相恋多年的人们就是这样，终究彼此形同陌路，各自生活。

或许，他们并不是不爱对方了，而是不能给对方各自要的生活。应该相信，他们或许依然还爱着对方，只是，一个依然不懂得怎么去爱，而另一个想爱但却是无能为力。

一生一世一双人，这样的爱情，实在是需要太好的运气。

可是，生活不就是这样，最终厮守到老的人，也许并不是那个曾经许下山盟海誓、承诺要白头偕老的人。

多少爱情被现实击败，无论如何，终究时间会带走一切。每个人都是这样，在走，在等，等自己真的成了过来人。

　　爱情，难免伴随着淡淡的苦涩，但却成了永远的珍藏。

　　没有人知道什么时候的遇见是对的时间，什么时候遇到的人是对的人，即使相爱的两个人最终分开，也只不过是命运和我们说了一个幸福的谎言，而当这个谎言被戳破时，每个人似乎都理性了一些。

　　这，就是所谓的成长。

3.

　　美剧《丑闻》中，处于竞选关键时期的准总统和准第一夫人，打算在公众面前大打夫妻恩爱、家庭美满而和谐的亲情牌，为自己赢得选票。可他们的参选顾问奥利维亚却毫不留情地指出，他们这种貌合神离、假装恩爱的样子，绝对是骗不过民众的，不能加分，只能减分。

　　准总统夫妇十分震惊，他们自觉可以伪装得很好，扮演了一对模范式的政治夫妻，面对镜头微笑，大方地赞扬彼此，言谈得体又幽默，只是没有想到居然一眼就被看透。

　　是的，即使是观众也能发现，他们做足了面子上的一切功夫，可问题恰恰就在于做得太好了一点儿，因此缺少真正亲密伴侣之间的那种自然流露出来的轻松和真挚。

奥利维亚指导他们，不要把选民当傻子，很多如果他们想要赢得选票，就必须发自内心地表现出亲密和关心，他们的肢体要不经意的碰撞，一个人说话，另外一个人一定要凝视着对方。

如果两个人不再相爱了，首先也是从眼角眉梢改变。在感情变得疏远之前，一对男女的肢体逐渐开始疏离，他们的目光不再纠缠，对待彼此的耐心也逐渐耗尽。

4.

曾经你叮嘱他，牛奶和橘子不能一起吃，早起以后如果没吃早饭一定要喝一杯水来冲淡一下胃酸，被辣到了喝牛奶能解辣。

后来，他会在早起以后给身边的人倒水，她喝牛奶时，会抢走她另一只手的橘子，她被辣到了他赶紧递过去一杯牛奶。

她问他："你怎么知道那么多？"

他说："哦，好像是哪个朋友告诉我的。"

一场真正的爱情，不管结果如何，一定会让彼此都能进化成了更好的人。

他褪去青涩莽撞，变成好好先生，是因为被爱让他变得更加懂得珍惜，变得更加沉稳踏实。而她变得更加独立优雅，可以照顾好自己，是因为爱一个人的磨砺，教会了她如何去付出和坚持。

所以，爱情这种事，本没有所谓输赢，也没什么谁比谁强，谁比谁更有魅力。相比于对的人来说，其实，你在合适的时间、合适的地方出现，反倒更重要一些。

无论你是否甘心，在爱情里常常就是这样，前人栽树，后人乘凉。

但这也没什么好值得沮丧。后来的你也会遇到一个人，他细心、周到、大度、忍让，不会胡乱吃醋，他知道在你身体难受的时候给你递水、送药，知道哪些伤女人心的话不能说，知道遇到问题沟通不良时千万不能一走了之。如今的这些点点滴滴，他身上所有让你喜欢的小细节，其实也都是从一个个失败的教训中学习来的，那也都是和他有缘无分的好姑娘，一点一点慢慢 PK 来的。

也许有一天，你不再想要轰轰烈烈的爱情，你想要的只是一个不会离开你的人，冷的时候他会给你一件外套，胃里难受的时候他会递给你买好的药和一杯刚好温热的水，难过的时候他会给你一个实实在在的拥抱，就这么一直陪在你身边，陪你走过每一段路。不是整天嚷嚷多爱多爱，而是认真地说那句"我在"和不离开。

世界总是公平的，某一个人亏欠你的，都会有一天，由另一种方式，或另一个人弥补回来。

所以，缘分这件事，有人在年轻的时候特别相信，后来经历了一些，心中对这两个字开始充满怀疑。可是继续再往前走，你也许还是愿意相信缘分，相信应该要在一起的人，不管绕多大一圈，依然会走到彼此的身边。

这，就是最好的安排。

5.

我不知道，在你身边有多少人，在去年情人节的时候还是双双对对，你侬我侬，在朋友圈、微博上狂撒狗粮，可现今又回归到了单身贵族之列。问题是，人在失恋之后到底需要花多久才能恢复正常？恢复到对方闯入自己生命之前的生活，把对方彻彻底底从记忆里清除，看见对方留下的东西能够坦然面对，再次见到他的时候也不会再红了脸或者是红了眼眶。这些说起来像云淡风轻的小事，真的有人做得到吗？

也许，我们都曾小心翼翼地爱过一个人，陪彼此走过了马拉松般的漫长岁月，遗憾的是，等在终点的可能并非彼此。但这就是现实版的人生，这就是命运，这就是每个人都要承担的无法绝对圆满的东西。

人生一步步往前走，每个人大都会有一种相同的感悟，那就是越长大就越发觉得，遇见谁、离开谁都像是命中注定的事，我们爱上一个人，开启一段故事，又结束一段故事，冥冥当中似乎都自有定数。最后有一天你会发现，这一路，多少人在我们的生命里出现却又离开，那些真正陪在我们身边的人，一直都会在，而那些中途离场而去的人，或者，也算不上什么值得留恋的。

其实，如果把很多事放在一个更加长远的链条里去考虑，你会释然很多。毕竟，某个人当初曾少给你的，也许将来，你已在别处都得到。所以，真相或许就是这样，时间和新欢都不是什么绝对的灵丹妙药，只有你自己才是。

Say
Good Night

"

分开之后，

两个人开始背对背地急速奔跑着成长。

有人说，既然地球是圆的，

那么，即使他们背对背奔跑，

总有一天也会再相遇。

然而，即使他们不会相遇，

他们也变成了更有能力去爱别人的人。

其实，我什么也没忘，

但是，有些事只适合收藏。

那么，晚安。

放下 。。。。
Let go

放过你，
也是放过我自己

在感情当中，
我们往往都觉得自己掏心掏肺，
觉得所做的努力、忍让、妥协能够感天动地，
于是希望对方感动。

其实，
无论是雪夜里去对方家楼下等待，
或者冒雨给她送伞、送奶茶，
自己回想起来觉得事事重大。

但实际上，
对于对方来说，
一杯奶茶就是一杯奶茶，
根本不会承载起你想要在上面
寄托的山崩地裂的大情怀。

1.

女生跟认识了五年的男朋友分了手，决绝、干脆得出人意料。

她说，她真的是想要结婚了，她实在不愿意再等了。然而，他却始终都还没有关于结婚这方面的意思。

然后，女孩很快闪婚，嫁给了一个挺不错的男生——两个人相亲认识。

更出人意料的是，过了一些时候，男生也很快结婚了。

其实，他的新娘并不比他的前女友出色，又或者这一次他对她的爱更多、更深，只不过，她出现的时机实在太好了，刚好在他心里真的开始想要安定下来的时候。于是，根本不需要什么更好的理由了，她来得是如此的正是时候，那么，就是她了。

两个人能否走在一起，时机很重要，你出现在他想要安定的时候，那么你就"胜算"很大。你出现在他对这个世界充满了好奇的时候，也许就算你多美、多优秀，那也常是徒劳无功。

爱得深，爱得早，都不如爱得刚刚好。

在时间的荒野里，没有早一步，也没有晚一步，于千万人之中，去邂逅自己的爱人，那是太难得的缘分，更多的时候，我们只是在彼此不断地错过，错过了杨花飘飞的春，又错过了枫叶瑟瑟的秋。直到漫天白雪，年华不再。

在一次次的心酸感叹之后，才能终于了解，即使真挚，即使亲密，即使两个人都已是心有戚戚，我们的爱依然需要时间来考验和成全。

·{ 2. }·

朋友结婚了，对方并不是当年大家都曾以为的那个人。

在她结婚前夕，偶然间聊起旧事，我想起来，在得知她和前任分手的那个夜里，她很平静，平静得就好像是在说别人的事，没有大醉，没有大哭，就只是说："没办法了，我们真的是没有缘分。"

后来我问她："分手了，还能和前任偶尔联系吗？"

她坚决地摇摇头说："我不会。"

我又问，"那他结婚了，你还能祝福他吗？"

她直白得不假思索，说："我不会。"

说完这句，沉默了一会儿，又补充了一句："因为，他大概再也找不到比我对他更好的人了。"

是啊，世界很大，而你再也不会遇见第二个我。

对女孩而言，我再也没有主动找过你，再也没有给你打电话，也没有给你发过短信，看见了只会擦肩而过当作路人。这并不是我装清高，不食人间烟火，而是你错过了当初那么那么喜欢你的我。

忽而心生荒凉。

世界上这么多的人，能够遇到一个我爱你，你也爱我，我们彼此相爱的人，概率实在是太小。但是世间事往往如此，我们彼此相爱，却又互相伤害。

相濡以沫，不如相忘于江湖。

说起来简单，但是分手之后，多少人还是忍不住地想要联系对方，翻看对方的微博，看看是不是已经有了新欢。多少次拿起手机，想要拨出那个尽管已经删掉，但其实依然烂熟于心的电话号码，最终，还是在最后拨打出去的那一刻颓然放下。因为知道不可以，不合适。

其实，真正的放下并非是删除彼此所有的联系方式，不再联系，不再提起。而是在偶尔得知他的消息的时候，心中平静，不再泛起波澜，才是放下。

如果我不能祝你幸福，另一种意思是不是——我心里还有你？

如果用张小娴的话说："爱情的反面不是恨，而是冷漠。"

不用追问，明天你是否依然爱我，我只需要知道，在过去的某一刻，某个地点，我是相当认真用力地爱过你的，你将会是我心中永远的红玫瑰和白月光。

的确，我爱过你，但是，过去的种种都像是一场梦，即便宁愿长醉不醒，终究也还是要醒来。

清醒之后的你我，天各一方，走向不同的方向。唯一值得庆幸的是，回首来时路，一路走来幸而有你，也才不算孤独。

如果哪一天，你真的觉得良人，我想，我会祝福。

·{ 3. }·

Q小姐结婚了。

我发了条朋友圈祝她新婚快乐，下面一堆人评论：四年爱情长跑，终于结婚啦！

我不知道怎么回复，因为Q小姐嫁的并不是那个谈了四年恋爱的人。Q小姐最后嫁的人，用两个字就可以概括：土豪。

看到这里你可能觉得Q小姐三观不正、嫌贫爱富，遇到土豪就甩了屌丝。

好吧，你也可以这么认为。但听我继续说。

土豪是她的小学同学，那就叫他小豪吧。

小豪是个小胖子，小时候也是。就是你印象里的那种小胖子，坐在最后一排，成绩一般，少有人理。那时候Q小姐是文艺委员，机灵开朗，对所有人都很热情活泼，包括小豪。

文艺委员需要负责办黑板报，所以，Q小姐每周都有一下午的时间在教室最后一排，做花花绿绿的黑板报，也会跟小豪说说话。小豪觉得，这就是女神啊！

不成想，小豪家里的事业越做越大，长大后的小豪成了土豪，念了国外的一所学校。

小豪还是个胖子，重点是，还是对当年那个单纯善良的文艺委员Q小姐深情一片。特别是当今时不同往日，说得夸张一点，当初没人理的小胖子，如今只要开着跑车停在路边，大概就会有妹子假装跌倒。

所以，从国外回来以后，他开始对Q小姐穷追猛打——土豪就是这么任性，谁管你有没有男朋友。尤其是一再被Q小姐坚决拒绝之后，他简直更加确定非Q小姐不娶。

当小豪对Q小姐第N次表白说想要娶她的时候，Q小姐明白，小豪很认真，而他这样的人，也并不是谁都有这个机会遇到的。

最后，Q小姐跟谈了多年校园恋爱的D先生说了分手。

D 先生很伤心，但也没怎么挽留，因为他大学刚毕业，还有比谈恋爱更紧急的事呢，还要写论文、找工作、租房子，还有个游戏没打通关。

哭过、挣扎过，不过 Q 小姐还是做出了选择。而我记得，她曾经在朋友圈发过这样一句话——最深的孤独不是长久的孤身一人，而是心里没有了任何期望。

婚礼我去参加了，都是按照 Q 小姐的想法布置的，简欧田园风，1000 朵欧洲空运来的香槟玫瑰布满礼堂。

当新郎唱着"我喜欢你，是我独家的记忆，埋在心底，不管别人说的多么难听"步入婚礼大堂的时候，在场的所有人都被感动了，包括我。哪怕我也亲眼见证了 Q 小姐跟 D 先生四年的大学时光。

现在的 Q 小姐刚刚生了第一胎，整日忙着照顾宝宝，宝宝是她生活的全部。

上次见面的时候，我问她，你后悔过吗？她说，生活中的琐事太多，已经忘了思考这个问题了。

年轻的时候，人人都有一个爱情梦想，只不过有人实现了，有人实现不了罢了。

我想了下，这个故事里，确实有一个人实现了自己的爱情梦想。那就是小豪，因为他如愿娶到了他梦寐以求的单纯善良的姑娘。

这也算是美好的结局，不是吗？

4.

不知你是否觉得，爱情和饮食之间，好像存在着某种相似相通的地方。

小时候，你最讨厌吃香菜，连它的味道都闻不得，你坚信自己这一辈子都会和它势不两立。但是忽然有一天，你竟然疯狂地迷恋上了它。小时候，你最爱吃西红柿炒蛋，以为自己这一辈子都会爱吃，可等你长大了，不爱吃了就怎么都不爱吃了，没有理由。

你没错，香菜和西红柿炒蛋也没错，错的，就只有那些自以为是的一辈子。

喜欢过的人，大概也是如此吧。

年少轻狂时候，我们很容易就对一段感情投入自己全部的心力，所以，一旦必须要分开的时候，就会变得特别的难熬和痛苦。其实，当你挺过去了你就会发现，那么多当时你觉得快要要了你的命的事情，那么多你觉得快要撑不过去的境地，都会慢慢地好起来。就算再慢，但只要你愿意等，它也一定会成为过去。

其实，这个世界上，没有所谓离不开的人，只有迈不开步伐的腿和软弱的心。即使不必像古装剧一般，纵然深情似海，也敢挥剑斩情丝，但至少有一点是真的，那就是——人们大多少了一种骄傲和倔强，还没有练就一颗强大到敢于拒绝和放下的心。

放下，其实不太好定义。
真正的放下大概就是，和你讲话心中再也起不了一片涟漪，再也不会感觉路上的每个人背影看上去都很像你，再也不会为了一次见面就连语气都反复练习数遍。假如真的偶然遇见，却没能把你认出而擦肩而过。不会再以为每个弹出来的信息全都是你，再也不会在看不到你的时候心中有诸多失望。

真正的放下，就是悄无声息的，就是突然发现不再喜欢你了，不关时间长短的事，不关一年、两年，还是五年、十年的事。

请你做一个倔强的姑娘吧。有情有义，有进有退，诚恳磊落。爱情从来都是双向选择，如果他人有所辜负，或者不再被爱，一定要知道用什么来抵挡，来回应。

这或许不是一个最好的时代，但也绝对不会是最坏的时代。或者，倔强的好姑娘多了，这个世界上悲情的故事也就少了。

Say
Good Night

"

在一些时光过去以后，

人们才会更加觉得以前的幼稚和可笑，
愁啊，恨啊，
都接近于数百万光年之外的星球尘埃，
渺小，细微，
于心内再无波澜。

那么，晚安。

辜负 。。。
Betrayal

你的每一个赞，
我都当成了喜欢

你曾飞蛾扑火，也曾披荆斩棘；
你安慰过，也被安慰过；
你深爱过，也被爱过。

其实，
这世界并没有特别亏待谁，
跌跌撞撞也都是为了你能明白，
你等的人和等你的人，
都该是最懂你的那一个。

1.

　　曾经认识这样一个女生，学业优秀，个性很要强，属于校花级别的女生。去国外当交换学生期间，她居然能在外国人当中入选了辩论队，代表学校参加比赛，伶牙俐齿，说起观点来让美国人都哑口无言。

　　她生活中唯一的软肋，是她的前任男朋友。面对辩论队、面对面试官都丝毫不会紧张的她，却必须每天见男朋友前要回去换好衣服，仔细照过好几遍镜子才能放心出门。

　　她平时忙得忘带电话可以有无数个未接来电，可是只要和男朋友出去，除了少数极重要的，其余一概不回。上学期间所有公司的面试她都会去，即使是不喜欢的企业，当时的她总觉得，万一今后这个方面男朋友有兴趣呢，多了解一点也好，到时候也许就能帮上忙。

　　其实在旁人看来，她的男朋友对她并不算太好，有时候还会不接她电话。于是她就尽量让自己忙起来，忙到没有太多精力责怪他。

即便找很多事情做，可她还是会做到只要男朋友一个电话，就能推掉所有事情回家换好衣服然后飞奔过去。她觉得他很好，尽管不懂体贴入微，但却足够让她安心，他是这个世界最美好的存在。

可是有缘无分，她和男友后来还是分了手。

后来，有一次他忽然有事找她，他并不知道，她前一天刚好生了病，接电话的时候还在医院里输液。可是她还是拔了吊针去找他。

见了面，他问她最近怎么样，她笑着说："嗯，还挺好的，你看，我最近都胖了点儿。"

她当然不会说，应酬太容易长胖，可是又不得不去，于是为了保持身材，她基本每天都是饿着睡着。

她当然不会说，是因为她觉得他属于她生命中最美好的岁月，每次见到他，就会忘了这个世界上的一切人情世故，一切琐碎负累，还有那些过分承诺过的谎言。

可其实，正是那些没有得到的，恰恰是一种最好的安排。

假如他们没有分手，那个女孩真的嫁给了她这么爱，但没那么爱她的男朋友，每天工作和打拼再加上男朋友的不甚体贴，终究会让她失去对生活最后的那么一点点信心吧。她会忘了，曾经在情人节的时候他送给她的那束特别好看的花，还有那句："I wish I have done everything on earth with you."

她最终会发现，在人事已非的景色里，就连她曾经那么一心喜欢的都没有了。

2.

世界上还真的有巧到让人差点惊掉下巴的事，就只是出门去超市买几盒酸奶，结完了账往回走，竟然遇见了前男友。

他提了一大袋子的零食，他以前很讨厌吃甜的，但是我却看见里面有好几种糖，他尴尬地笑了笑，说是他的女朋友就住这附近，她喜欢吃。

随便聊了几句之后我就准备走，因为实在是觉得尴尬到不行。他突然从袋子里拿了两包山楂片递给我，说虽然这是甜的，但是开胃，你别老动不动就不吃饭。

我问他，你怎么知道我胃口不好？

他对我翻了个白眼，说你每次胃口不好不想吃饭的时候就只爱喝酸奶。

我看着他的背影，竟然不知道说什么好。

当初，我们俩恋爱两年，然后他工作调动去了异地，半年多以后和平分手。没有狗血偶像剧情里的第三者，没有各种不靠谱的误会，就只是远了，疲累了，疏离了。可后来，就在分开以后不久，他却被重新调动回来，然而一切也都再也回不去了。

当爱情终究各走各路，我们总会遇见新的人，喜欢的类型也早就和当初不一样了。可有时候回过头，再看看这些年里走过的路，或好或坏，是甜是苦，总有那样一个最熟悉的陌生人是如此无法替代。

所以，就像某部爱情电影里所说："不久后，我交了女朋友，她也交了男朋友。但我们之间的故事却没有因此结束。八年的喜欢，让我们之间拥有了更深刻的联系。比情人饱满，比朋友扎实。那是，羁绊。"

3.

在把水递给你之前，他一定会轻轻替你拧开瓶盖。

出去吃饭点餐，他知道你爱吃和不爱吃的菜。

下雨了，你们同撑一把伞，伞的一边一定是朝着你倾斜的。

你给他买的东西他都很喜欢。

他对别的女生有风度，又有距离，从不会拿你和别的女生去比较。

他走到哪里都愿意拉着你的手，你靠在他肩膀的时候很安心。

在他所计划的未来里，你是最重要的一部分。

他曾经轻吻你的额头，和你说你们的未来该会有多美多美，说你们会有一儿一女，会一起携手同行走下去，一直到老。

可是，你们分手了。

原本以为分手可以很简单，不过就是分开行走，不会再互相呼唤昵称，不再拥抱，不会亲吻。只是真的到了那时那刻才明白：原来，爱情不是离开了就能不爱的；原来，分手也是需要练习的；原来，放开一个人的手并不困难，难的是真正放走对他的期待，放走那个曾经在心里建设得十分美好的和他一起的未来。

其实，既然忘不掉，不如就放在心里好了。

年轻时为谁难过了、痛苦了，好像才能证明自己青春过。可时间终会将这段感情磨平，或许，你今后再也不会喜欢像他这样的人了，但会记得自己曾经喜欢他的感觉。

最后，你明白了，还好他出现了，这让你明白世上根本并没有"非谁不可"这件事，真的没有哪一个人，非得要另外一个人才能过好这一生。

曾经觉得是对的人，未必就是真正对的人；曾经能说出一万个对的理由，现在可能找到一万零一个错的理由。原因很简单——曾经相爱，现在不爱了。

因为爱上了，才觉得自己遇到了对的人，而你之所以会怀疑对方是不是对的人，其实就是在怀疑能不能爱到最后。

在爱情里，根本就没有什么普世真理和方法，而爱情的奇妙也恰恰就在于此。

而我更倾向于埃克苏佩里的短篇小说《小王子》里面的价值观。

从前，小王子很爱他的玫瑰花，他每天给她浇水，帮她晒太阳，跟她说好多好多的话。到了地球，他发现了玫瑰花到处都有，于是就有点迷茫。后来他明白了，原来的那株玫瑰花之所以对于他与众不同，就在于他认真地去为那朵花付出了，他们共同分享、分担了一些东西和属性，这朵花对于他就有了意义。

天下之大，你遇见的男男女女那么多，你凭什么会对某个人耿耿于怀，念念不忘？大概就是因为你们共同经历过一段时间，你们相互付出过吧。

在你的生命里，有没有一朵花儿曾经这样彻底地为你开放过？有没有过那么一朵骄傲的、任性的、自私的、讨厌的花儿，可她却只愿意盛开给你看。

当花儿枯萎了，还是会有别的花儿出现，只是，那再也不是当初的那朵了。

一期一会，大致就是如此吧。

所以，根本不存在什么对的人，也没有什么是我们应该会遇到的对的人，只要无他想、努力真心地付出过和体验过，这段时间就有了意义，你所经历的时间就是对的时间，此刻的人就是对的人。

我们能把握的，就只是此时此刻我们所遇到的人，我们努力真心地去爱，静静地看着她（他）的眼睛，找回自己全部的温柔。

时光留不住昨天，缘分也无法停止在初见。
在那些如花的诗句里，任那再美丽的思念，早已与爱无关。

4.

我们大概都听过一些关于恋爱的理论，恋爱是要谈的，有过青春懵懂的冲动，有过全心全意付出，最后找到能把你宠到天上的那个人。所以，在这个过程中，我们一路挑挑拣拣，根据自己列出的条件去做一些选择，然后选出了最合适的那个人来试试。试过了一两个人之后，觉得不能再这样继续下去了，找个人结婚吧，反正恋爱也已经谈过了。

这是所谓的过来人告诉我们的，但是现实呢？万一找不到呢？找到了以后，万一当初的五好青年后来变成了渣男，那怎么办？

我们常常会赋予婚姻太多的意义和期待，不是说这样美好的期待和这种审慎的态度不对，谁不希望执子之手，与子偕老？只不过，婚姻不是慈善机构，更不是收纳可怜病弱的小狗小猫的流浪动物收容站。

一段爱情甚至于一纸婚书，真的就能保障我们的全部人生吗？爱错人，甚至嫁错了人，你的整个人生就等于被彻底毁了吗？未必。反而，那些觉得嫁了人一切就万事大吉了的姑娘，她们的人生才更没有保障，才更容易被毁掉。

姑娘，你那么努力，不是为了嫁给世俗传说的如意郎君，如果有人爱你，就让他爱，想做什么就做什么，毕竟你的人生充满了未知的可能。

或许很多次你会站在人生的十字路口，面临着不同的抉择。没有经验，没有向导，没有提示，没有路标，一切都要凭借自己的智慧和勇气，人生的舞台没有彩排，也没有重演。但这又何妨？毕竟，时间带给我们最好的事情，就是将那些珍爱你的人保留下来，把那些不值得的人删掉。

所以，没有爱对爱错、嫁对嫁错，毕竟除了你以外，没有任何人能够对你自己的人生负责。

愿好姑娘们都足够强大，也都能始终具备让自己幸福的能力。

"

那些曾经感动你的山盟海誓，
最后还不是跟着日升月落，
调成了一大盘开胃菜，
你吃得一把鼻涕一把泪。
所有我们曾以为的天长地久，
最后还不是妥协成了"认识你就好"。

但总有一天你会知道，
其实，你所失去的，
岁月并不会以另一种方式补偿，
而得到补偿的人，都是在时间里，
用更好的自己去重逢。

那么，晚安。

年纪尚小的时候，

你可以坚信，衣服啊干净最重要，

而这个细节几乎可以影响到

人一辈子的生活细节和人格守则。

只是，当年岁见长，

你的身上如果永远都是那几件洗得发白的外套，

我估计，连你自己都会鄙视那样的自己吧。

◆

余生，
请多指教

往后余生，

风雪是你，平淡是你，

清贫是你，荣华是你，

心里温柔是你，

目光所至，也是你。

PART 4

○　○　○

幸好 。。。
Fortunately

我会举着戒指对你笑，
说余生请多指教

注定在一起的人，
不管绕过多大一圈，
到最后，
还是会走进你心里，
留在你身边。

所以，我其实一点都不遗憾，
没有在最好的时光遇到你，
因为，
在遇到你之后，
最好的时光才真正开始。

我感谢时光，
带走了那么多东西，
却肯为我留下了你。

1.

她和他认识的时候，都不是那么年轻了，已经渐渐进入到大龄青年的行列。

两人是别人介绍的，约在一家海鲜餐厅门前见面。她简单地收拾了一下，提早到了几分钟。没成想，他却迟到了，过了约定时间几分钟，他才匆忙赶到。

竟然是一个算得上好看的男子，已经褪去了小男生的青涩和单薄，神情略显沉稳，衣服穿着的品位也不差，是干净清爽的类型。

一见面，他就急急道歉，说路口塞车，足足塞了45分钟，请她一定原谅。

她笑了："没关系的。"心里暗自算了算，如果不堵车，他其实会比她到得早。那么，他不是故意的。她相信他的话，再说，即使迟到几分钟又怎样？他不是都已经道歉了吗？

两个人找了个靠窗的位置坐下，他把菜单递给她："看看，想吃什么就点什么。"

她还是笑，小声说了一句："我减肥呢。"

他也笑了："也不用吧，还是健康最好，再说，你看你也不算胖啊。"

其实，女孩真的有一点点儿胖，真的也只有那么一点点儿而已，她自己会介意，他却真的不介意。索性拿过菜单，也不看价格，招牌菜一连点了好几个。

她能感觉得出来，他对她的印象不错，而她也是。

单从外表来说，她甚至觉得自己有点配不上他。但她并未表现出来这一点点的自卑，从容地和他说着话，气氛很轻松。

他更是处处照顾她的感受，体贴她如同体贴一个小女生，让她感觉到了被宠爱的温暖。

两个人就这样慢慢接近了，过了半年多的样子，他提出了结婚，她同意了。她觉得自己终究还是个有福气的女子，在这样的年纪，还能遇到这么温和、体贴又英俊的他。

结婚前几天，他们的好朋友帮着他们收拾新家，有他和她单身时期的一些物品，其中，也包括了各自的旧相册。大家翻出来看，于是，就看到了最年轻时候的他们。

那时候的他，那样英俊挺拔，穿白衬衣和牛仔裤，戴很酷的腕表，眼神里面带着不羁的味道。而那时候的她，也有那么一点点儿的胖，但非常非常漂亮，眉目当中满是清高，满是骄傲。

有朋友叹了一声，对他俩说："真是可惜你们没有早几年碰上，那才真的叫金童玉女。"

他笑了，她也笑，却都没有说话。

那一刻，他们心里都很明白，幸好，他们没有早几年遇到，要不然一定不会走到一起。

那时候的他，叛逆不羁，喜欢那种个性冷酷的消瘦的女孩，显然绝不是她那种。而那时候的她，对男孩子更是格外挑剔，要求对方品貌优佳，更要守时，讲信用。她最容不得的就是男生迟到，从不给他们任何辩解的机会……

他们就是这样，因为挑剔、倔强，因为不够宽容，在最年轻的光阴里一再地错过爱情。

而现在，他们都在情感的磨砺中成熟起来，内心不再浮躁不安，渐渐宽厚而平和，都懂得了为对方着想。现在碰上，对他们来说，才是最好的。

所以，真的不必遗憾，没有在最青春美貌的时候遇见彼此，因为我们要的，终究不是一场足以天崩地裂的爱恋，而是天长地久的温暖相伴。

2.

姐姐和姐夫是大学同学，大一相识，大二恋爱，大四也顺理成章地面临了毕业分手的局面。

当年的姐夫成绩平平，长相平平，家境甚至连平平都称不上。他没有背景，没有房子，没有存款。姐姐的家里安排好了工作，让她回家，无论如何也不同意姐姐和他在一起。两人就像许许多多的大学情侣一样，毕业，分手。一个留南，一个回北。

那年，姐姐二十二。

也对，看似没有未来的两个人，何必要耽搁彼此的时间？还不如一刀两断，从此，各自寻找自己的幸福。

三年过去了，两人极少联系，更是没有再见过面，只是每年生日时，姐姐会收到姐夫寄过来的礼物，过年的时候也会给姐姐家寄一些东西。

姐姐的年龄也到了二十五岁，还一直没有再交男朋友，家里人开始着急，紧锣密鼓地介绍和安排相亲，其中几个对姐姐印象很好，加上姐姐的长相、谈吐和工作都很不错，平时的工作接触里甚至也有示爱的角色。

我一开始不懂，还跟着瞎着急，但是她每次都是笑笑，摇摇头说："不喜欢、没感觉。"

或许大多数的故事便会到此结束，两人终究还是会各自淡淡地恋爱，淡淡地生活，直到他真的淡出她的记忆，再也不出现于生命里。

姐姐二十六岁生日，她接到了姐夫这四年以来少有的一个电话，而他只说了一句："房子买好了，工作为你打点好了，回来结婚吧。"

就像早就预料到了会有这天一样，姐姐只轻轻慢慢地回答了一个字：好。

一句"拿着"，胜过十句"我会给你的"。那些曾经的不易与艰难全都在这个时候来了一个大大的反转，变成了满满的幸福。

我不知道姐姐当时哭了没有，但是我哭了，哭得一塌糊涂。

四年，对于一个简直一无所有的男人而言，我不知道他经历过什么，也不知道他如何从零开始奋斗到这样的地步，是什么让他独自忍受过风雨，这样笃定地坚信着一份爱情。

四年，对于一个正当人生最好年华的女人而言，我终于明白她为何不惜频频拒绝他人，也要用青春去等一份她认为值得坚持的幸福。如果下定了决心要等一个人，任谁也再难走进她的心里吧。

在这样一个纷杂浮躁的年代，还有多少爱情能被如此坚守？

谁都曾害怕磕磕绊绊后，却还是找不到自己想要的那个人，可是，人生总是要棋逢对手，才会心满意足吧。

幸好，最好的总是压箱底。

所以，我好好过，你慢慢来。只要最后是你，晚一点真的没关系。

3.

一个孤单的三角形，总想找到一个缺失了一角的圆，能和自己合二为一成为大圆满。从此以后，愉快地滚动起来，幸福地生活下去。然而结果是，她总是寻找，却总是失望，因为没有一个刚好缺失了一角的圆，能恰好与她契合。

直到有一天，她看到了一个完整的圆，这才知道，世界上有一种存在，本身就是圆满具足的。

她是自己的三角形，也是自己的圆，她根本不需要任何寻找，不需要任何外界的辅助，就可以自由地移动、翻滚，愉快地玩耍。

她有时候会有伙伴。当她遇到气味相投、目的地一致的圆，他们会追逐着笑闹，谈谈自己过往的见闻，说说自己喜欢的天气，他们形影不离，而又各自独立，一起去探索更精彩的未来。

但很多时候，她也是独自一人。独自穿过草地，独自跃过山丘。她没有伙伴，但她并不孤独，她始终和她自己的圆满在一起。

当活在你自己的爱情里，给你自己想要的一切，使你成为那个可以自由行走的大圆满，你才有能力和另一个大圆满相遇在风和日丽或者斜风细雨里。

张爱玲说："人生最大的幸福，是发现自己爱的人正好也爱着自己。我要你知道，在这个世界上总有一个人是等着你的，不管在什么时候，不管在什么地方，反正你知道，总有这么个人。"

当你遇到对的人，浮躁嘈杂的世界好像一下子安静下来，爱情也不再是那个千古难题，它会变得那么简单，简单到完全不用处心积虑、步步为营，不用担惊受怕、小心翼翼，不用吃力讨好、猜疑妒忌。

其实钱锺书早就已经说过，"似乎我们总是很容易就忽略当下的生活，忽略许多美好的时光。而当所有的时光在被辜负、被浪费后，人才能从记忆里将某一段拎出，拍拍上面沉积的灰尘，感叹它是最好的。"

我想说的只是，太阳给人以温暖，可是下山以后没人想靠它取暖。就像可乐，放久了也会被人忘掉，直到再没了气泡儿。

一万个美丽的未来，都比不上一个温暖的现在。所以，珍惜当下。

有时候，单身一人的你隐约觉得，这世界上应该有另一个人会成为你的联盟，但他就是要你等，就是不出现。于是，孤独感愈加强烈，愈加清晰。

什么是孤独？

林语堂老先生可说了，孤独这两个字拆开来看，有孩童，有瓜果，有小犬，有蝴蝶，足以撑起一个盛夏傍晚的巷子口，人情味十足。稚子擎瓜柳棚下，细犬逐蝶窄巷中，人间繁华多笑语，惟我空余两鬓风。——孩童水果猫狗飞蝶当然热闹，可都和你无关。这就叫"孤独"。

我只是倔强地认准一句话：只有当自己处于一个最好的姿态，才会有一个最好的人来爱你。你若是想遇到安静温暖的男人过简单美好的生活，首先，你自己得成为淡定与美丽的女人。若说，是什么样的训练练就了一个非常女人，排行榜首位是"单身"二字。有一种魅力，叫敢于独自走过。

Say
Good Night

"

全世界每天都在错过，
全世界每天都在相遇。
全世界每天有人住到另一个人的生命里，
全世界每天有人
从另一人的生命里搬走变成路人甲。
而你总会得到这样一个人，
从错过到相识，从相识到相爱。
所有的磕磕绊绊，
都是为了
一起欣赏这世界全部的漂亮。

那么，晚安。

拥抱 。。。
Embrace

每个拥抱，
都是疲惫时的一张床

你说，
人山人海，边走边爱，
怕什么孤单？

我说，
人潮汹涌，却都不是你，
该怎样将就？

其实，我们都知道，
相似的人适合玩闹，
互补的人适合终老。

毕竟，
心动都还不是恋爱，心定才是。

1.

他并不是很挑食的人，只是他是个湖南人，喜欢吃辣得变态的东西；

她是广东人，偏好清淡，追求原汁原味。

她认为吃太辣对身体不好，容易上火；

他则认为广东菜味道太过寡淡，无法下饭，重油重辣才是真爱。

每次一起吃饭，他们都要因为点菜的问题大动干戈，摆事实，说道理，三段论演绎法，到最后只好剪刀石头布，用这种最具智慧的方法，决定是去吃粤菜还是湘菜。

他恨不得跟她分开吃，他们一人弄一桌菜，自己吃自己的！她也一度因为这个问题觉得他们不适合，两个吃不到一块去的人，怎样谈执子之手与子偕老呢？

直到有一次她跟朋友出去旅游，他天天一个人吃饭，刚开始的几天打电话问他吃什么，电话里那头好像喝高了一样兴奋地给她历数：吃了香辣蟹、剁椒鱼头、辣子鸡……

好像故意非让她意识到，他平时跟她一起吃饭是真的如同嚼蜡一样痛苦不堪，于是，她就没理他了，自己到一边去忙了。

再过几天，他打来电话，说他在吃鱼头豆腐汤、瘦肉金针菇烩番茄，末了，还懒懒地添了一句说："还买了豆腐花，少糖。"

她捡起已经掉到地上的眼镜，十分惊讶地问："你不是不喜欢吃这些东西吗？"

"是啊！"他似乎憋足了性子地回答她，他说，"可是你爱吃……我今天吃了你爱吃的。"

她半天没说话，不得不说，她当时很感动。

想起他们在一起以后，有一次她跟他出去逛街的时候，她看到路边有她最喜欢吃的豆腐花在卖，就兴奋地冲过去大声喊道："要两碗豆腐花！"他随后跟过来，接了一句："麻烦，少糖，谢谢。"

她瞪大眼睛望着他平淡随意的表情，问他："你怎么知道我接下来要说这句？"

他白了她一眼："你自己说过你不喜欢吃甜的，而且你上次不就是这样叫的。"

那一刻她就相信他是真的爱她的，爱到可以很随意就说出她的口味，不做作，不刻意。

因为吃是生活中最基本的一项活动，一个人很难掩饰对于食物的好恶之心，也只有真正爱一个人，才愿意很开心地吃对方爱吃的东西。

他是一个不太会表达爱意的人，从不会把甜言蜜语说给对方听。

他几乎从来不会说"我爱你"，若是硬逼着他说，他就会满脸通红，半天才憋出一句"今天编码的时候很顺利"，或者是"咦，好多星星啊"！

但是也是他让她明白，一个人是不是真的爱你，不在于他对你说了多少次我爱你，不在于送了你多少礼物，更不是他给你制造了多少次惊喜和浪漫，而是虽有争吵但也时刻挂念你，虽不会刻意制造浪漫表达爱意，但会默默在实处给你温暖。

他从来不会说什么"你是风儿我是沙"，什么"爱你一万年"之类的话，但她却从他那里听到了最动人最好的情话。

他说："我在吃你最爱吃的东西。"

他说："麻烦，少糖，谢谢。"

你看，有时候，爱情并无其他，无非就是我愿意妥协于你，并沉默得心甘情愿，长久陪伴。他给你的每个拥抱，都是疲惫时的一张床。

2.

都说"爱到深处是陪伴"，可是，在爱情这件事儿上，有些人，注定了能牵起手就能陪伴一生，可还有些人，他们就只能陪伴着走过一程，然后就此别过。

《老友记》的剧迷们肯定都还记得里面这个经典的桥段。

莫妮卡买了一双十分昂贵的高跟靴子，贵到她老公风趣地问她，她买的到底是"boot"还是"boat"。

尽管莫妮卡真的是特别特别喜欢这双靴子，觉得它既时尚又百搭，但是其实穿着它并不舒服，又累又疼。有一次穿了它出门，结果到最后，还是她可爱的老公一路背着她回到了家。

像这样的事其实常有发生。就比如，你平常穿的是37码的鞋子，逛街的时候看上了一双鞋，它的颜色、款式你都特别喜欢，你就认定了这双鞋。可是人家告诉你，这款鞋子只有36码。

犹豫再三，你还是决定要买，你想，只要多穿几次，大不了脚上粘几天创可贴，慢慢适应了以后也就好了。于是，你就把鞋子买回了家。

穿了两天，小了一码的鞋子磨得你满脚是水疱，你的脚虽然很痛，但心里还是很满意、很满足，特别是当身边的朋友都在不停地夸赞这双鞋好看时。

穿了两个星期，你开始抱怨这双鞋让你走路很累，但你还是很喜欢这双鞋，只是渐渐减少了穿它的次数。

穿了一个月，鞋子终于不那么磨脚了，那是因为你的脚磨的水疱已经成茧，你已经感觉不到疼了。

有一天，你打开柜子准备穿这双鞋时，你惊讶地发现，这双鞋没有从前那么好看了，是的，它确实没有从前好看了——你的脚把它撑得变了形。

你抚摸着这双鞋，心里失落、后悔、无奈很多情绪出来，你开始感慨自己这一个月以来为它所遭的罪，你甚至开始后悔，当时为什么没选一双别的 37 码的鞋子，它不一定特别漂亮，但起码舒服合脚。你无奈地把鞋子放进了柜子里，从此再也没有穿过一次。

自此以后你再买鞋子，无论它多么好看，只要不合脚，你就都不会买了。就是那双 36 码的鞋子让你明白了，喜不喜欢和适不适合，根本就是两码事——感情的事，更是如此。

也许最后，你的耳机里面还是有她很喜欢但你却始终都不会唱的歌，你手机相册里还是有喜欢过但却没在一起的人的照片。

但是，不管你曾经经历过什么，基本上，好的爱情根本不会让你心力交瘁地去经营，真正爱你的人也不会舍得让你委屈迁就，不会让你担惊受怕，不会总害怕他生气，害怕他离开。

不合脚的鞋，不如及早换下；不合适的人，还是及早放开。放开错的人，攒好气力，去爱那个能够陪你一起走下去的人。

这一路，遇见那么几个人，错过那么几个人，你在这几个人身上受伤，也是因这几个人披上了铠甲。那时走过的弯路，经历的遗憾，都是为了和最后那个人在一起而准备的。

真的遇到了，记得，一定要珍惜。

3.

有人说，男人曾经都是一个无惧无畏的勇士，当他遇见所爱的女人，他的内心就会有了改变，内心就会有了牵挂。

也有人说，女孩本来就是天堂里面的天使，一旦爱上了一个男人，就会为他动情、流泪，当美丽的天使留下爱情泪水的时候，就会褪去翅膀，降入人间，变成凡人。所以，被每个女孩深爱的男人更应该懂得去珍惜，因为美丽的天使为了你放弃了整座天堂。

爱情，不是简单的加减乘除就能收获最佳答案，不是调味品添加得越多就口味越佳、香气袭人，爱情原本的模样只是一个简单的磁场，单纯地吸引了频率相同的人，在磁场里不期而遇。

所以，这个世界上会有这么一个人，他突然出现在你的生命里，让你一下子认定他了，让你觉得你之前所有的等待都是值得的，让你即使将来分开也会想要在一起。

其实，女孩子对爱情的认知不是特别梦幻，恰恰相反，而是特别具体。上学时，听她说想吃串糖葫芦，有一个男生就翻墙出去给她买了回来，结果这个倒霉蛋儿被教务主任逮个正着，最后还写了他生平的第一份检讨；

他想给她换部新手机，然后就顶着八月份的酷暑去打工，每天拖着疲惫的步子往回走，可心里却是美滋滋、乐颠颠儿的；

他不想让她一个人跨年，怕她觉得孤单、冷清、胡思乱想，就买了很多她爱吃的东西，坐了八九个小时的火车，终于赶在半夜 12 点之前见到了她，和她一起迎接新年。

在女孩的心里，这些曾经感动她的事，她一辈子都会记得，真的。

爱情迟早有一天还是要落地，它终归是奔着柴米油盐、鸡毛蒜皮去的。所以，对于很多姑娘来说，长得帅的、有钱的最后也许都会输给对她好的。而爱情里最平凡、最幸运的模样，大概就是一个吃到了一包糖炒栗子就能开心大半天的女生，遇到了一个她冲他笑一下，他就像当上香港金像奖影帝的男生吧。

所以，其实我们都知道，爱情不会都以喜剧收场，受伤总是在所难免。

这就好像，你刚舔了一口的糖掉到了地上，要出门玩却发现下雨了，花了很长时间下载好的电影说是数据损坏要重新下载……怀着满满的期待，最后却掉进漫无边际的失望甚至绝望中。

可是然后呢？你还是会再买一包糖，还是要在等天气晴好的时候再出去，还是得耐着性子再重新下载一遍电影。

当一个人过了以爱情为主的年纪，有时会觉得这一生也都无所谓了，也曾勇敢地怀着一腔孤勇上战场英勇杀敌，只为守在一个人身边。到了后来，多爱你的人都无法激励你的勇敢和倔强，真的是心有余而力不足。那种状态就像是想哭又哭不出来，想爱又不知道从哪里爱起。面前的人都是很好的人，只是爱情要走下去还需要一些勇气。在爱情中，勇敢去爱，勇敢去追逐，才不会留下爱的遗憾。爱情就像旋转门，只有转到真正的那个人，才能修炼圆满。

终究，无论发生过什么事情，人还是要在漫无边际的失望里，寻找可能出现的希望，不是吗？

"

当我们越来越习惯，
习惯把自己隐藏得很深，
深到连自己也不是真心知道
自己到底需要什么样的人。
所以，有缘遇到像是"重逢"的人，
一见如故，
那就试着多去了解，多去努力。
我们总要试着剥开厚厚的壳，
才能真正了解一个人，
经过努力的"重逢"，
才更有分量，才是对别人和自己负责。

那么，晚安。

陪伴 。。。
Accompany

给不了你许多感动，
但我会陪你很久

有人告诉你说，
细节打败爱情，
可是真正成就爱情的，
也正是细节。

那些在细节面前落败的，
归根结底，
都只有一个解释，
那就是——彼此并不合适。

1.

Angela 和 Tina 是一对闺蜜，长相平凡，并不算是美女。

Angela 嫁给了一位服装设计师，迄今为止结婚八年。这位服装设计师对老婆死心塌地，他常常在微博、微信上发他给老婆画的水粉画，每一张都充满了爱意。他说，他越来越觉得，她老婆才是美丽的范本，有一种女神般的大气之美。

比起 Angela 婚姻美满，Tina 则离过两次婚，连她父母都觉得是她的错，都心痛两任女婿。Tina 做了什么伤天害理的事吗？当然没有，她只不过是生活中的差评师，是位持之以恒的"负能量"女王。她最擅长从真善美中找出假恶丑，任何一件日常小事，她都能找到槽点。

只讲两件事。第一件是关于烹饪的。

Angela 的服装设计师老公是个创造型的大厨，烹饪大都处于一种随意状态，就连做过了很多遍的菜都不记得，常常被迫翻菜谱。可是 Angela 永远一副无所谓的样子，说："你慢慢做，我最喜欢你做的菜了。"然后，她就在旁边愉快地跟别人聊天，讲讲有趣的事，就算没有旁人，她自己看老公做菜都能看得特别开心，还会给老公讲点冷笑话。

有一次周末，Angela 的老公想一展厨艺做两个硬菜，一小时就应该做好的，她的老公做了两个多小时，快把 Angela 饿晕了。最后，Angela 还是说："赚到了啊，慢工出细活，好久都没吃到过这么好吃的东西了！"

而 Tina 的第一任老公同样也不太会做饭，同样老是忘记做法，可他就比较悲惨了，Tina 可以从一开始骂，一直骂到老公做好饭："白痴啊！刚才明明该用酱油着色的，你却放盐！你怎么做的啊，没看到菜谱上写得清清楚楚吗？刚才的牛肉怎么切的啊？牛眼肉不能那么切啊，真是！"

即便这样，她还不赞成老公用切菜机，理由是切菜机太聒噪。有一段时间，她老公几乎快得抑郁症了。

第二件是关于出门旅行的。

那时候 Tina 和第一任老公刚结婚，感情还不错，跟 Angela、Angela 老公四个人去旅行。到了火车站，两个男人去买的票，当时每隔半小时有一趟，他们选了 15 点钟的，结果偏偏就只有这趟车晚点了，后面三趟车都发车了。Tina 顿时暴怒，用等待的一个半小时不停埋怨老公，认为他选择这趟车纯属"脑子进水，从小蠢到大，就没一件事能做对……"

　　基本上，Tina 老公的一生都被全面否定了，在他看来，他唯一该做的，大概就是把自己扔在铁轨上，以死明志。而 Angela 呢，劝说 Tina 无果，只好和自己老公玩起了成语接龙游戏，两个人玩得不亦乐乎，等火车来的时候他们还惊呼，怎么时间过得这么快？

　　同样是一个半小时，跟 Tina，就是度秒如年；跟 Angela，却必须采用中学生作文专用术语——"光阴似箭，岁月如梭"。

　　很多人问，Angela 的老公是服装设计师，他的工作可以遇到各类美女，为什么只爱他的老婆？他说，因为只有跟她在一起，才会随时随地都很快乐。

　　有一次，他去米兰参加时装秀，随行全是性感美艳的女模特，当那些模特抱怨米兰 WiFi 信号太烂、火车站脏乱差、米兰人效率低下、骗子多小偷多的时候，他就无比想念他的老婆：如果是和她来，就一定是场愉悦的旅行。

张爱玲说，唐明皇爱杨贵妃什么？大概不是美貌，而是热闹。不是每个女人，都可以把日子过出乐趣的。

别误会，这不等于鼓励女人都变得亢奋而且聒噪，但如果你的兴趣爱好是吐槽和抱怨，那么赶紧改一改。充满负能量的人就像一个黑洞，会把周围所有人的好情绪也全部吸光。

同样是女人，一个善于发现生活中美好的小事，一个善于挖掘生活中的丑陋。说起来，这根本就不是什么学历、才华差异的大事，有时候，决定我们命运的就是微小的处理方式。

堵车和晚点，大家都烦，但你却可以选择，要不要当一个生活中的差评师。

2.

她跟G先生算是一见钟情，可是，恋爱谈到两个月时，她却感到很难受。

早上给G先生发一条微信消息，也许会等到晚上或者是第二天才会回；本来约好了的假期出游，最后也会因为他不想去外地而作罢；一遍一遍嘱咐他，叫他把自己小时候的照片带来给她看，他也总是会忘记；他甚至会因为朋友约了他打游戏而取消和她的约会，尽管那时候，他们因为工作忙已经接近半个月没见面了。

女孩此前有过恋爱的经历，对比前任的殷勤来说，她觉得G先生根本不在乎她，起码不是太在乎。

她陷在这个逻辑里走不出来，只是固执地认为，世上所有的男朋友都应该是一样的，只要他爱你，就都会想时时刻刻关心你、想着你、黏着你。

女孩实在无法忍受她喜欢的人没那么喜欢她，多次反复之后，终于提出了分手。

现在分手已经一年了，女孩偶然听闻G先生已然谈婚论嫁，而她也开始反思。她在想，其实那时候，在生活的罅隙中仍旧可以发现他爱她的证据。

比如，钱包和银行卡从来都不忌讳给她，尽管也才刚刚恋爱两个月；他是属于那种有些高冷范儿的天蝎座，但他也会突然乐滋滋地发个朋友圈，大大方方地秀一把恩爱。

其实，除却他学生时代懵懵懂懂地牵了个小手的恋爱，她是他真正意义上的初恋。也许，更多的时候是当时的自己蒙蔽了双眼，只注意到了他不及时回她微信，不关心她的种种，却没有看到，他也就是那样一个傻傻的、单纯的平凡人。

他没什么爱人的经验，不太懂得如何去取悦人，不太懂得如何去表现得更在乎对方一点，甚至有时候连自己都照顾不好，自然也就不太会去照顾女朋友。

然而，他也许也正像她爱他一样，一心一意地爱着她，只不过他傻傻的，不太懂得如何表达这一点。而且，普普通通的世俗感情永远都不会变成琼瑶剧：书桓走的第一天，想他，想他，想他……

所以，也别太快太轻易就相信那些什么"他其实没那么爱我"的自我判断，感情是自己的，在不在乎总要自己好好感受。哪怕有时候，确实觉得他没那么在乎你，那又怎样呢？如果你爱他，你又敢不敢多在乎他一点呢？

你可能会误会他没有付出真心，或者付出的相对没有你多，但是，在一天天过去的日子里，也许你却越来越能感觉到，他对你的关心原来无所不在。

总之，别因为过度纠结于细节，而消磨你对爱人的信心。

我们总是习惯，把来不及的事留给下一年，把来不及付出的情感留给下一任，把来不及说的话留给下一次。其实，很多的"来不及"不是没做好准备，而是没下定决心。

一个人幸福快乐的根源，在于他愿意成为他自己。不要去做"如果我当初做了另一种选择"这种其实根本毫无意义的假设。你手里握着的，你所厌倦或者习以为常的，或许正是他人所渴求的。

所以，你要快乐，要感恩，要懂得享受现在拥有的一切。

3.

你可能有过这样的经历：没有喜欢上 A，却爱上 B，没被 C 伤害，却栽在 D 手里。

爱情像是一个变量，你永远不知道会花多久时间爱上一个人，不知道要花多久时间忘记一个人，更加不知道，下一秒钟会发生什么。

很多人，一生至少谈过两次恋爱。一次，你爱他，他不爱你；另一次，他爱你，你不爱他。你爱过别人，也被别人爱过；伤害过别人，也被别人伤过。在感情这条路上，跌跌撞撞，走走停停，背着牵扯不清的感情债。

爱情像是一个无底洞，让你永远填不满也掏不空。

你有过这种感觉吗？两个人谈恋爱就好像是在玩跷跷板一样，一个人升到了高处，另一个必然要压低姿态。他越是漫不经心、若即若离，你越是惶恐不安、小心翼翼。

这样不平等的爱情会长久吗？你什么时候见过签订了不平等条约的双方还能维持和谐关系的？

在爱情里，大多数人都做过这么一件傻事，那就是偏执地爱一个不停消耗自己的人。

你看，你本来是一个从不熬夜的人，但却为了等他的回复，为了等他的一句"晚安"就非要熬到半夜才肯睡；你本来不能吃辣，但他无辣不欢呀，于是你每天从早餐开始，拼命跟辣较劲；你本是一个个性执拗的狮子座，但每次不管大吵小吵，最后都会变成你主动让步。

很多人，一旦投入一段感情就像是被蒙蔽了双眼、遮住了耳朵，变成一个傻子、聋子，眼里除了他就什么人都没有了。其实，人的心理暗示是一件太可怕的事，特别是在还很年轻的时候，我们甚至会不自觉地催眠自己说："我是爱他的，而爱情就是妥协，就是牺牲，就是无条件地付出。"但是你难道就不该问问，在你为对方付出、妥协的同时，对方都为你付出了什么吗？你害怕对方会离开，但是比他是否会离开你更重要的，难道不是他爱不爱你吗？

我并不是在鼓吹什么爱情就是一场交易，只不过很多时候，如果你换一个角度，甚至于用最俗、最功利的眼光去看待一些事情的时候，你反而会看清一些最起码的事实，那就是：一个足够爱你的人，是不会一直消耗你的。

两个人谈恋爱就像是在下棋，一定要旗鼓相当、棋逢对手，才会有意思。若是双方实力悬殊太大，胜负即刻见分晓，便自然少了很多乐趣。

爱情的世界里，我们更加需要有好的对手。

与其火急火燎想要抓个男人共度余生，不如静下心来好好爱自己。觉得现在过的生活不是自己想要的，等王子出现拯救你的人生？不如自己骑上白马比较靠谱。

如果是年轻的女孩，不要把时间花在追逐热门电视剧上、渴望华贵奢侈的物品以及幻想有男子毫无原因地爱你一生一世。这些都是泡沫。多读书、多旅行、勤恳工作、善待他人、热爱天地自然、珍惜一事一物，自然会有人感受和尊重你的价值。

要用最好的自己去对待最爱的人，而不是用最坏的自己去考验对方是否爱你。

最终我们都将学会，与他人交往，最重要的不是甜言蜜语，不是容貌金钱，而是你和他对于这个世界的看法，对人生的态度是否一致。友情如此，爱情同理。

两个人在一起，就算不能心有灵犀，也至少要志趣相投吧，有相同或相似的兴趣爱好、价值观等，有很多可以引起共鸣的东西，有很多话可以聊，这样的爱情才可能长久。

张爱玲说,

爱是热,被爱是光。

爱是热,我爱你,

就像有了铠甲,无尽的热血和力量上膛。

我手持阔斧,为你披荆斩棘,开垦荒地,

只为种上你心仪的玫瑰。

被爱是光,

你的爱犹如星辰,明亮了我的前路。

我要为你变得更好,做你坚实的后盾。

那么,晚安。

流年 。。。
Fleeting time

如今正好，别说来日方长

你应该有酒有梦，
有写不完的诗歌，
有坦荡的远方，
有紧牵着你手的另一半。

愿你一生清澈明朗，
做你愿意做的事，
爱你愿意爱的人。

愿情话终有主，
不必说来日方长，
只道如今正好。

1.

他身高一米八二，她身高一米五五，显然，并不是完美的搭配。

她踩着高跟鞋陪他参加好朋友的婚礼，回来以后踢掉高跟鞋，抱怨兼撒娇，怪他为什么要长那么高。他过来坐到她身边，看到她小小的脚板上多出了两个突兀的水疱，他下令，以后和他出去都不要再穿高跟鞋了。她说，如果不穿高跟鞋的话，我们俩身高多不配啊！他说，怕什么，我觉得配不就好了嘛。

她低下头，忍不住笑了。

下一次，她还是穿着高跟鞋陪他出门参加聚会，只是，不再抱怨。

他下班回家，她在厨房做菜。他放下公文包，摘掉领带、手表，走进厨房想帮忙。她左手握着锅柄，右手握着勺子，头也不回地冲他嚷："去洗手，去洗手，脏死啦！"其实她知道，他始终最烦厨房里的油烟味道，不想油烟熏了上了一天的班已经很疲惫的他。

晚上洗完澡，她穿着宽大柔软的格纹睡衣，坐在沙发上叠着洗好晒干的衣服，又或者是涂涂五颜六色的指甲。他就在旁边，一边看着电视给她讲述剧情，一边往她嘴里递着她喜欢的零食。

他出差，路上路过一个老的书摊，无意间发现了一本她一直在找却怎么也找不到的旧书。他花了八块钱把那本书买下来，小心翼翼地放进自己公文包的最里层。回家后，他将它悄悄地放在书柜里她容易看到的地方。

结婚五周年纪念日，他们谁都没有跟谁提起。可是在他下班回来的时候，他看到的是她用心准备的晚餐，而她看到的是他带给她的实用又精致的礼物。

她常容易失眠，睡着了也容易在半夜醒来。她醒来后的第一个反应不是打开床头灯，而是摸一摸他是不是睡在自己的左边。很多次她醒来，左手准备伸出去的时候，却发现自己的左手正被他的右手轻轻握着。

我知道，当有一天，他们很老很老了，他白了头发，她没有了牙齿，可是，他们在彼此模糊的眼里，还是看得到动人的风景。他们晚上还是会说很多很多的话，回忆很多很多的往事，笑话彼此曾经做过的一件件傻事。

2.

有一次，去外地出差，跟另一家公司商讨合作协议的细节。

那天的会议一直开到凌晨五点，依然有许多细节没有达成共识，于是决定回房间休息三个小时，然后再议。对方项目团队里一个三十岁出头的助理收拾东西，准备要往家赶。

他的同事说，"要不，就和我们在酒店凑合一晚上吧，这路上往返就得两个小时呢。"

他笑着摇摇头，还是打个出租车走了。

他赶在妻子起床前到了家，轻手轻脚做好了早餐——她最爱吃的三鲜面条，外加烤面包片、一个荷包蛋。两个人对面而坐，边吃边聊些工作、生活上的琐事。等她吃完，他迅速收拾完碗筷，在八点钟前又回到了会议室。

中午开完会，正好跟他一起下楼去自助餐厅，于是，跟他就聊了起来。他对早晨的事有些不好意思，慢慢解释。

原来，他妻子身体不太舒服，这几天请假在家休养，而他这几天工作这么忙，晚上他回到家妻子都睡了。所以，陪妻子吃顿早餐，是他们一天当中唯一能说会儿话的时间，他不想错过。

我问："看样子，你们是刚结婚不久啊。"

"也不是，我们认识十多年了，结婚五年，孩子两岁。"

我有些诧异了。按理说，这样的状态，不太会这么在意一顿饭要不要在一起吃的啊。

小伙子说，原来其实也并不是这样。在那之前的几个月，他升了职，从此似乎每天都有写不完的项目计划，见不完的客户，接不完的电话，回不完的邮件。早上很早就出门，披星戴月回家就成了常态，往往连周末都会搭进去。

连轴转了几个月，有一天，突然觉得心慌乏力，眼前一黑，就那么倒在了电脑旁。同事把他送到医院一检查，原来是心脏积劳成疾，必须休息。

养病期间，家人照顾他，每天换着花样儿做他爱吃的，而妻子就守在病床边看着他慢慢吃完。

"我那会儿就在想，假如当时真有个好歹，醒不过来了，我最遗憾的是什么。有一个项目没有争取下来？最想要的那辆车终于还是没有攒够钱买？还是没能按照希望的那样换个三居室？都不是！"

他说："我竟然觉得，好久没有跟家人吃一顿像样的家常饭，怎么那么让人难受呢？"

3.

有人说，一生只谈三次恋爱最好，一次懵懂，一次刻骨，一次一生。可是，有多少人都渴望自己能够遇到这样一个人，你们能够从懵懂爱到刻骨，从青丝到白发，携手走过一生。

"你从什么时候开始喜欢我的？"

"不记得了。"

"可是，为什么是我呢？"

"为什么不是你呢？"

"我很小气，爱吃醋。"

"巧了，我也是。"

"我怕自己不够好，不值得你喜欢。"

"巧了，我也是。"

"我嘴很笨的，情商又低，不太知道怎么去适应一个人，爱一个人。

"巧了，我也是。"

他自然地拉住她的手："我只知道，你陪着我的时候，我从没羡慕过任何人。一想到能和你一起牵手，一起生活，我就对接下来的日子充满了期待。"

十六岁时，他们俩坐在同一间教室里，相距不过几十厘米，一个人的余光永远都在不由自主地寻找另外一个。

二十六岁时，她望着身边的他，阳光洒满他好看的侧脸，只想与他就这样，就这样一点一点、安安心心地慢慢变老……

也许，这就是最让人心动和羡慕的爱情吧。

小时候，觉得爱情应该像是甜甜的糖果，长大后，觉得爱情就是能一起分享。到后来，觉得爱情就是那怦然一下的心动，再后来，觉得爱情就是偷偷地喜欢。

有时候，觉得爱情控制了你的喜怒哀乐；有时候，觉得爱情让人莫名其妙地有了自信；有时候，觉得爱情变成了自己的一种特殊的习惯，习惯了有对方在身边。

爱情到底是什么？

爸爸说，爱情就是当初一无所有，妈妈依然义无反顾地和他在一起；

妈妈说，爱情就是如今该有的一切都已经有了，爸爸还是像当年一样爱着她。

什么是爱情？你如果问一百个人，就会有一百种答案。每一种答案都有它的道理。

也许，爱情就是对方在自己眼里有着各种各样缺点，却还是怕对方被别的人抢走了吧，任那所有的不愉快，也都改变不了对彼此的依赖。

然后有一天忽然间发现，原来，我们说过的每句漫不经心的话，全在那个人的心上开成了漫山遍野的花。

4.

　　我想和你一起生活，想在每天醒来的时候就能看到你熟睡的脸，想在夏天的晚上和你一起出门散步，抱只西瓜回我们的家，想冬天一起窝在家里做好吃的菜，我们一定会养一只听话的、大大的金毛狗，每天一起遛狗，晒太阳……

　　即使生活不那么轻易，但我希望你在我的未来里。

　　这大概是很多人对于爱情、家庭的憧憬吧。

　　有人说，最舒服的感情是，你聊起任何话题，对方都聊得下去，不是因为对方见多识广，而是对方极其感兴趣。了解的，对方会说你不知道的部分；不了解的，对方会问你知道的部分。听过的，对方懂得分享感受；没听过的，对方的好奇也让你充满言说欲。

　　事实上，我们都渴望能有个无话不谈的人，你们之间，睁开眼睛有话说，吃饭时有话说，聊电影时有话说，亲吻时有话说，吵架时有话说，高兴时有话说，受伤时有话说。

最好，连梦里都有话说。

所以，爱就是和你在一起说许多许多话，爱就是和你在一起吃好多好多顿饭。

爱情不就是这样，从青涩时光到白发苍苍，年轻时吵吵闹闹，老来儿女长大，老头老太一起散散步，相伴到老么？

陪伴是最长情的告白，真正走到最后的爱情并非轰轰烈烈、你侬我侬，而是在生活的柴米油盐中相互磨合，达到一种舒适不累的状态，在对方面前可以最放松最自然。

只有不累的感情，才能经得起生活考验，走得更长远。

最好的爱情大约就是两个人在一起三观一致，总能让平淡的生活发着光。三观一致并不是没有任何一点不同。但至少，彼此做的事情是可以理解并且接受的，不会因为一点点小事而闹得不可开交。这个世界上，能遇到三观一致的人，并不容易。但真的很有趣。遇到三观一致的人，人生就会突然开了挂一样，少了被泼冷水的苦恼，多了被鼓励和陪伴的温暖。

其实，最舒服的爱情，是感冒时的那杯热水，是洗好晒干的衣被，是鸡毛蒜皮的争吵，是生气后还能拥抱，是我始终知道若到我白发苍苍、容颜迟暮，你还会依旧如此，牵我双手，倾世温柔……

如果往生活里说，两个人最好的相处，是懂得你进我退，你退我进。不会因为一条没有回复的短信、一句无心的话、一个不甚要紧的异性朋友，而断言你不够爱我。当你穿过树林、翻过山岭、越过海洋，我都可以放心地让你去远方，无论你在想什么、做什么、说什么，而我都知道，你不会弃我而去，你终究是我的。

当浪漫褪色，浓情减淡，柴米油盐间的温暖，何尝不是最长情的告白？

> 我清楚你的口味，你也知道我的喜好；
> 我懂得你的张狂，你亦明白我的悲伤。
>
> 世上没有完全同样的两个人，
> 但如果要一起携手走下去，
> 就要试着实现这样的默契。
> 就好像同样的生物，
> 经历宇宙洪荒以后，
> 一定保存在了同一个地质层。
>
> 那么，晚安。

图书在版编目（ＣＩＰ）数据

春风十里，原来是你 / 杨杨著 . — 北京 : 现代
出版社， 2017. 8

ISBN 978-7-5143-4385-4

Ⅰ . ①春… Ⅱ . ①杨… Ⅲ . ①故事 – 作品集 – 中国 –
当代 Ⅳ . ① I247.8

中国版本图书馆 CIP 数据核字（2015）第 308798 号

春风十里，原来是你

著　　者	杨　杨
责任编辑	赵海燕
出版发行	现代出版社
通信地址	北京市安定门外安华里 504 号
邮政编码	100011
电　　话	010-64267325　64245264（传真）
网　　址	www.1980xd.com
电子邮箱	xiandai @ vip.sina.com
印　　刷	吉林省吉广国际广告股份有限公司
开　　本	880×1230　1/32
字　　数	126 千字
印　　张	8
版　　次	2018 年 1 月第 1 版　2018 年 1 月第 1 次印刷
书　　号	ISBN 978-7-5143-4385-4
定　　价	39.80 元